오늘도 시골뜨기 유년에게
그리움을 띄운다

오늘도 시골뜨기 유년에게
그리움을 띄운다

초 판 1쇄 2026년 01월 06일

지은이 백운일
펴낸이 류종렬

펴낸곳 미다스북스
본부장 임종익
편집장 이다경, 김가영
디자인 임인영, 윤가희
책임진행 김요섭, 이예나, 안채원, 김은진, 국소리

등록 2001년 3월 21일 제2001-000040호
주소 서울시 마포구 양화로 133 서교타워 711호
전화 02) 322-7802~3
팩스 02) 6007-1845
블로그 http://blog.naver.com/midasbooks
전자주소 midasbooks@hanmail.net
페이스북 https://www.facebook.com/midasbooks425
인스타그램 https://www.instagram.com/midasbooks

© 백운일, 미다스북스 2026, *Printed in Korea*.

ISBN 979-11-7355-635-7 03810

값 19,000원

오늘도
시골뜨기 유년에게

그리움을
띄운다

백운일 지음

미다스북스

내 고향은 충남 천안시 삼룡동이다. 좀 더 폭을 좁히면 동네에 작지 않은 방죽이 있어서 대부분의 사람들이 방죽말이라고 불렀던 동네다. 그리고 크지도 작지도 않은, 어느 동네에나 있을 법한 작은 개울과 너른 논, 높지 않은 산들로 둘러싸인 동네다. 흔히들 천안 삼거리라고 불리는 그 동네다.

"정원과 서재를 갖고 있으면 전부를 가진 것이다."라고 말한 로마의 정치가이자 철학자였던 키케로의 말대로라면, 우리 동네 자체가 정원이었으니 나는 참으로 많은 것을 가지고 그 정원에서 반락하며 유년을 보냈다.

유년의 독천장이었던 그 정원의 만상萬象에 덧정을 쌓으며 각각 두 살 터울인 두 형들과 함께 개구쟁이 삼총사로 불리면서 야취野趣를 만끽하며 유년을 보냈다.

해마다 명절 때면 라디오에서는 정지용 시인의 노랫말로 만든 〈향수〉

라는 노래가 거의 예외 없이 들려 나왔다. 명절 때면 내가 살고 있는 부산에서 고향집까지는 보통 6시간이 걸리는데 8시간이 넘게 걸리는 때도 많았다. 그 긴 시간 동안에 잠시 승용차 안에 울려 퍼지는 노래〈향수〉는 가슴이 울컥하도록 진한 그리움(노랫말에 나오는 아버지에 대한 그리움과 어린 시절에 대한 그리움)으로 시간여행을 하게 했다.

문득 노래〈향수〉처럼 유년의 수채화 같은 추억을 붙잡고 싶었다.

그동안 머릿속에 그려진 수많은 수채화가 이미 흐릿해지기 시작했다. 더 이상 그 수채화를 사진처럼 담아두지 않으면 잔영殘影조차 찾을 수 없을 것 같았다. 남은 기억조차 곧 파도에 휩쓸릴 연흔漣痕이 될 것 같았다.

수채화에 담겨진 어릴 적 그 수많은 동화 같은 이야기가 더 이상 지워지지 않게 글로 기록하여 사진처럼 인화하고 싶었다.

신세대 어린이들에게는 감나무 밑에 구르던 감또개의 떫은맛을 맛보게 해주고 싶었고, 쇠죽을 끓이는 동안 워낭을 흔들며 밥을 재촉하던 암소의 착한 눈망울을 보여주고 싶었다.

나와 함께 어린 시절을 보낸 수많은 사람들에게는 글로 사진처럼 인화한 어릴 적 장면들을 보여주며 공감을 얻어내고 싶었다. 그 공감을 통해 거친 풍파에 어쩔 수 없이 희석된 순수한 어릴 적 마음이 다시 아침 이슬처럼 소쇄瀟麗한 본래의 마음이 되게 하고 싶었다.

많은 이들에게 이 글로 인화한 장면들을 머릿속에 간직하길 바랐다.

오늘도 시골뜨기 유년에게 그리움을 띄운다

어릴 적 그 밝고 맑고 싱그러운 세상 속으로 들어가서 잠시나마 휴식을 찾길 원했다.

내가 노래 〈향수〉를 들을 때처럼….

그럼에도 그런 내 마음을 온전히 전하기에는 부족함이 너무 많음을 느낀다.

반쯤은 나의 오련한 기억 때문에, 그리고 반쯤은 나의 비재非才 때문에 향몽鄕夢을 꾸며 회향懷鄕하던 그 고향에서의 어린 시절의 추억을 온전히 담아내지 못했다.

그나마 아직 혼몽昏懜하지 않고 사로思路 또한 막히지 않아 사진의 골격은 겨우겨우 인화할 수 있었다.

나머지 인화되지 않은 여백과 담채는 나와 같은 시대를 살았던 독자들 각자의 기억과 추억으로 적절히 농담農淡을 조절하며 넉넉히 농채로 채울 수 있을 것 같다는 생각으로 위안을 삼아본다.

3장
부모님과 함께한 시골의 하루들

4장
8남매가 복닥복닥 살던 우리 집

5장
동네를 주름잡던 골목 개구쟁이

6장
향수, 꿈엔들 잊힐 리야

헌사
환갑에 이르러 어머니께 드리는 글
엄마의 콩

1장

쫀드기 씹으며
국민학교 다니던
아이

나의 추억 놀이로 달고나 깨진 조각이 수북하다. 나누어 줄 아이들이 없다. 모두 어른뿐이다. 조그만 달고나 조각도 공득하면 좋았던 그 시절이 그립다. 파편이 된 달고나는 쓰레기통에 버리고 오린 추억은 가슴에 모아 담았다.

선생님의 가정방문

"내일 너희 집에 '선생님이 가정방문 한다.'고 엄마께 말씀드려라."

"네, 선생님."

울 엄마는 아침부터 구석구석 말끔하게 집안닦달을 하셨다. 따로 집 치레를 할 것도 없었다. 그저 쓸고 닦는 일밖에 없었다. 아버지께서 손 님맞이할 대청마루도 여러 번 물걸레질을 하셨다. 닦아도 닦아도 신작 로에서 트럭과 버스가 지날 때마다 날아 들어오는 흙먼지가 마루를 뿌 옇게 했다. 그래서 여러 번 물걸레질을 하셔야 했다. 아침 일찍부터 들 에 나가 일하시는 아버지도 그날은 들일을 나가지 않으시고 선생님을 기다리셨다.

우리 담임선생님은 늘 자전거를 타고 다니셨다. 3단 기어가 있는 신식 자전거를 타시는 선생님이 멋있어 보였다. 동구 밖에 나가서 선생님이 언제 오시려는 지 한참을 기다렸다. 멀리서 신작로에 뿌연 먼지를 일으키며 무엇이 다가오는 것이 보였다. 선생님의 은륜[1]이었다. 나는 선생님이 자전거를 타시는 모습은 금방 알 수 있었다. 선생님은 호리호리한 체격인 데다가 자전거 페달을 매우 빨리 밟으셔서 마치 물 위에서 헤엄치는 오리가 물살을 헤치고 나가는 모습처럼 거침이 없으셨다.

"선생님, 안녕하세요."
"그래, 너희 집이 어디지? 아버지는 집에 계시니?"

아버지는 내가 주막에서 막 받아온 노란 양은 주전자에 담긴 막걸리 두 되를 대청마루에서 주거니 받거니 하시며 선생님과 많은 말씀을 나누셨다. 오이, 풋고추, 고추장으로 차려진 잔배냉적[2]인 주안상을 앞에 두고 방석도 없이 맨바닥에 앉으셔서 그리하셨다. 쪼르륵쪼르륵. 주전자 귀때에서 떨어지는 막걸리 소리가 계속해서 이어졌다. 나는 내가 무슨 일을 어떻게 해야 할지를 몰라 접석接席하지 아니하고 그냥 마루 한 모퉁이에 혼자 앉아 잠잠히 있었다. 언제 선생님이 가실지, 선생님이 무슨 말씀을 하실지 속으로 생각하며 긴장한 채로 그렇게 앉아 있었다.

---

1 '자전거'를 아름답게 이르는 말.
2 마시다 남은 술과 다 식은 구운 고기라는 뜻으로, 보잘것없는 음식을 비유적으로 이르는 말.

새색시 옆에서 자다가 첫날밤부터 오줌을 쌀까 봐 걱정하는 합례合禮를 앞둔 꼬마 신랑처럼 크게 긴장해서 고개도 들지 못하고 있었다.

　아버지와 선생님은 평좌平坐를 하고 계셨다. 나도 평좌를 했지만 오래도록 여좌칙석이었다. 무릎을 꿇고 혼날 때보다도 불안했다. 그래도 나의 학교생활에 대한 말씀은 아주 조금만 하시는 것 같아서 다행이라고 생각했다. 그런데 그게 아니었다.

　"우리 큰애 담임하실 때 그때도 우리 집에 오셨었지요?"

　"아! 그래요."

　"그때 저 아이가 찢어진 고무줄 팬티를 입고 선생님 앞에서 이리저리 뛰어다니고 그랬었지요."

　"네? 쟤가 갭니까?"

　내가 여섯 살 때, 그러니까 큰형이 4학년 때의 얘기를 하시는 것이었다. 나는 너무도 부끄러워서 슬그머니 방에 들어갔다. 선생님이 가실 때까지 마음을 졸이고 있었다. 치신무지였다.

　"얘야, 선생님 가신단다."

혼취昏醉[3]한 정도는 아니었지만 이미 아버지도 선생님도 많이 취하신 것 같았다. 얼굴에서도 눈에서도 취하신 흔적이 역력했다. 아버지 얼굴도 선생님 얼굴도 똑같이 가을 홍시보다 더 붉게 물들어 있었다. 매일같이 술을 드시는 아버지 얼굴은 벌그데데했고 선생님 얼굴은 벌그레했다. 술에 취하신 아버지의 눈은 부리부리했고 선생님의 눈은 간잔지런했다. 아버지와는 달리 선생님은 술을 드시는 게 힘들었던 것 같았다. 평소에도 선음하시는 유주무량의 호대戶大[4] 아버지셨다. 아버지와 술은 잠불리측이었다. 휴주하며 매일매일 술을 드셔서 호리건곤이었다. 주붕이 있어서 드시는 술도 아니고 취흥이나 취향醉鄕을 위해 음락飮樂하며 드시는 술도 아니었다. 그저 농사일을 하면서 참 대신에 혼자서 매일매일 강술을 드셨다. 선생님은 그렇게 음식처럼 강술을 경음하시는 주보 우리 아버지와 대작하셨다.

권勸커니 작酌커니 서로 권배 답배를 하시면서 술잔이 여러 순배 오갔다. 그러니 기주하지 않는 선생님도 술잔을 거절하며 혼자 천작하기는 어려우셨을 것 같았다. 아버지가 선생님을 위해 따라 주신 술을 안 드실 수 없었을 것 같았다. 선생님께서는 아버지와 술을 드시는 중에도 몇 번이나 "다른 학생 집에도 가 봐야 한다."며 일어서려고 하셨지만 아버지의 강한 만류로 그리하지 못하고 드신 술이었다. 아버지는 술에 취하면

3   정신이 없도록 술에 취함.
4   술을 많이 마시는 사람.

잔주가 심하신 편이었다. 그렇게 오래도록 아버지의 잔주까지 다 들어주며 마지막 잔을 빼고는 다 드신 술이었다. 당연히 선생님의 주량보다 훨씬 많이 드셨을 것 같았다.

"선생님, 괜찮으세요?"
"네, 아무렇지도 않습니다."

선생님은 정말로 아무렇지도 않다는 듯이 엄마의 말이 떨어지기도 전에 멋진 3단 기어 자전거 핸들에 의연하게 양손을 얹으셨다. 도연陶然[5]한 취안醉顔이었지만 취태醉態도 취보醉步도 없었다. 나는 선생님이 같은 동네에 사는 친구의 집에 가시는 줄 알고 앞장을 서려고 했다. 그런데 그게 아니었다. 선생님이 잡고 계신 자전거 손잡이의 방향은 이미 아까 선생님이 타고 오신 방향으로 향해 있었다. 나는 내 친구 한국이네 집 쪽을 가리키며 말했다.

"선생님, 한국이네 집은 저쪽입니다."
"한국이네 가서 선생님이 다음에 온다고 전해라. 운일아! 내일 보자."

5   술에 취하여 거나한.

자전거 타신 선생님의 뒷모습이 아무래도 넘어질 것 같아서 걱정이었다. 신작로가 움푹움푹 파인 곳이 많아서 그런 것인지, 아니면 종주縱酒[6] 하셔서 그런 것인지 자전거가 자꾸 휘우뚱휘우뚱 좌우로 흔들리는 것 같았다. 한참 동안 선생님의 뒷모습을 바라보며 눈바래기를 한 후 방으로 들어갔다. 내일 선생님이 친구들에게 찢어진 팬티 얘기를 하실까 봐 걱정이었다. "소더러 한 말은 안 나고 처더러 한 말은 난다."고 했는데, 아무래도 아버지가 괜히 찢어진 팬티 말씀을 하신 것이라고 생각했다.

밤새도록 내일이 걱정되었다. 고상고상하며 전전불매했다. 경경불매였다. 선생님이 꼭 친구들에게 발쇠를 서서 버르집으실 것이라고 생각했다. 선생님은 나더러 늘 "실쌈스럽다."며 칭찬하곤 하셨다. 그러니 찢어진 팬티 얘기가 다른 친구들에게 타문他聞되면 너무 창피할 것 같았다. 언비천리니 '혀끝에 오르내리기' 시작하면 금방 전교생이 알 것 같았다. 죄를 지은 것도 아닌데 조리돌림을 당할 것 같았다. 아버지에 대한 원망은 이미 뒷전이었다.

"운일아, 안녕!"
"네, 선생님! 안녕하세요."

---

6   자기 몸을 가누지 못할 정도로 술을 많이 마심.

오늘도 시골뜨기 유년에게 그리움을 띄운다

나는 고개를 들지 못했다.

다행히 선생님은 어제 아버지와 나눈 얘기에 대해 아무 말씀이 없으셨다. 다음 시간엔 말씀하시려나? 수두상기한 채로 하루 종일 마음을 졸였지만 아무 말씀이 없으셨다. 선생님만 말씀을 안 하시면 어제 우리 집에 염알이꾼은 없었을 테니까 이제 모든 고빗사위를 넘긴 것 같아서 안도의 숨을 쉬었다.

"휴~"

국민학교 졸업을 며칠 앞두고 복도에서 그때의 담임선생님을 만났다.

"운일아, 중학생이 되는구나."
"찢어진 팬티 입고 뛰어다니던 놈이 이제 다 컸네."
"중학교 가서도 공부 열심히 해라."

아뿔싸! 선생님은 다 기억하고 계셨다. 그때 아버지와 한참을 대작하셨으니 생중에 들은 얘기도 아닐 텐데도 다 기억하고 계셨다. 다만 다른 애들이 있는 곳에서 말씀을 안 하신 것뿐이었다.

10년 전쯤에 동창회 모임에 초대된 그 선생님을 뵈었다. 3단 기어 자전거가 SUV 자동차로 바뀐 것 말고는 예전 모습 그대로셨다. 선생님의 얼굴이 조쌀해서 매우 젊게 느껴졌다. 소양배양해서 천방지축으로 나부 대던 그 쫄래둥이가 이제 60대 중반에 들어섰다. 세월여류다.

　이제는 은사隱事가 친구들에게 자드락나도 부끄러운 일이 아니다. 초라 떼는 일은 커녕 그저 즐거울 것이다. 그때의 찢어진 팬티 얘기를 하면 선 생님은 기억하실까? 나도 모르게 내 얼굴에 엷은 미소가 이는 게 느껴진 다. 다음에 뵐 땐 꼭 여쭤보아야겠다. 선생님도 기억하고 계시면 좋겠다.
　찢어진 팬티 얘기가 자드락나는 일이 마치 하늘이라도 무너지는 일처 럼 여겨 은휘隱諱하고 외수외미하던 그때가 그립다.

친구의 똥으로 제출한 회충검사용 똥

그때 당시에는 너나 할 것 없이 회충과 동거했다. 채소를 키우는 데에도 인분을 거름으로 쓰는 것을 당연한 것으로 여기던 시절이었다. 당연히 회충과 동거할 수밖에 없었다.

가끔씩은 배에 회충이 너무 많아서 누가 죽었다는 둥, 밤에 자다가 회충이 입 밖으로 기어 나왔다는 둥, 밤새 거위배를 앓았다는 둥의 섬쩍지근한 별옴둑가지소리가 난비했었다. 그것이 과대황장이거나 시호市虎[7]였는지는 모르겠다. 어쨌든 시시풍덩한 도설塗說로만 들리지는 않았다. 회충과 전쟁을 하던 시기이니 더욱 그랬다. 학교에서도 매년 회충 검사를 하고 약을 배포했다.

---

7 같은 말: 삼인성호

내 차례가 되었다. 변을 담은 봉투를 가져오지 않았으니 당연히 기다란 대나무 자로 아프지 않은 자볼기를 몇 대 맞았다. 선생님이 조그마한 빈 비닐 봉투를 주시며 "화장실 가서 변을 받아 오라."고 하셨다. 나는 우리 학교 화장실은 무서워서 잘 사용하지 않았다. 언젠가 배가 아파서 화장실 문을 열고 들어갔는데 발아래 그 깊고 어두운 구멍이 정말 무서웠기 때문이었다. 화장실에서는 귀신이 "빨간 휴지 줄까? 파란 휴지 줄까?" 하면서 나타난다고 들었다. 정말로 "빨간 휴지 줄까? 파란 휴지 줄까?" 하면서 귀신이 나올 것만 같아서 화장실 앞에만 가도 앙당그렸다.

　학교 뒤쪽에 조그마한 동산이 있었다. 나는 망설이지 않고 그쪽으로 가기로 했다. 다복솔이 많아서 사람들 몰래 볼일을 볼 수 있겠다고 생각했다. 그런데 나와 같은 생각을 했는지 이미 여러 다른 친구들이 그곳에서 볼일을 보고 있었다. 벌써 변을 비닐 봉투에 담아 내려오는 친구들도 있었다. 콩밭에서도, 보리밭에서도, 수수밭에서도, 급하면 아무런 스스럼없이 엉덩이를 까고 자연과 일체되어 뒤를 보는 것에 익숙했던 나였다. 궁사남위라지만 도저히 다른 친구들과 같이 볼일을 볼 수는 없었다. 부끄러워서가 아니었다. 학교에서 소문이 날 것 같아서였다. 여자 친구들에게까지 입길에 오르내리면 그땐 정말 창피할 것 같아서였다. "막다른 골 되면 돌아선다."고 나는 상궤常軌를 벗어난 꾀를 생각했다. 같은 동네에 사는 친구에게 간절히 부탁했다.

"야, 네 것 조금만 떼어 줘라."

"그래, 조금 가져가라."

친구는 나와 자별自別한 사이는 아니었고 '풋고추 절이 김치'는 더더욱 아니었다. 그런데도 언죽번죽 아무렇지도 않은 듯이 땅바닥에 있는 나뭇가지로 자기의 변을 도톨밤 크기만큼 떼어서 내 봉투에 담아 주었다. 마치 내가 변을 나누어 달라고 할 것을 요량이라도 한 것 같이 변이 능준히 담겨 있는 변 봉투를 열고 나누어 주었다.

나한테 시키지도 않고 그리 해주었다.

천연의 그 화장실 냄새를 또다시 맡는 수고를 기꺼이 감내하며 그리 해주었다.

"죄지은 놈 옆에 있다가 벼락 맞는다."고 했는데, 친구는 나중에 나 때문에 고삿고기가 되는 언걸을 입을 수도 있다는 것을 알면서도 그리 해주었다.

그 친구가 아니었으면 변통무로여서 무서움을 무릅쓰고 귀신이 나올 것 같은 화장실에 갈 수밖에 없었다. 그 무서운 화장실이 두름성도 엄펑소니[8]도 없고 넉살부릴 줄도 모르는 내게 감히 염불위괴의 엄이도령[9]을

---

8   엉큼하게 남을 속이거나 골탕 먹게 하는 솜씨.

9   귀를 막고 방울을 훔친다는 뜻으로, 모든 사람이 그 잘못을 다 알고 있는데 얕은꾀를 써서 남을 속이려 함을 이르는 말.

하도록 용기를 주었다. 그 무서운 화장실이 선생님으로부터 호되게 혼날 수도 있다는 사실을 알면서도 승위섭험하도록 용기를 주었다.

당연히 선생님께는 비밀로 하자고 짬짜미했다. 공도동망이었으니 그리했다.

그래도 겁꾸러기인 나는 선생님이 아실 것 같아 두려웠다. 아무리 입다짐을 했어도 확실하게 잡도리한 것도 아니고 몇몇 친구들이 사실을 알고 있어서 들통날 것 같았다. 잘못했으니 당연히 겁이 났다. 면장우피처럼 선생님을 속이려 했으니 선생님이 아시면 이번에는 자볼기가 아니라 교편으로 호되게 맞을 수도 있다고 생각했다. 귀신이 나올 것 같은 화장실에 가야만 할 수도 있을 것 같았다.

마른침을 삼키며 만일을 대비한 탁사託辭를 생각하고 교실에 들어갔다. 탁사라야 얼토당토않은 말로 생기는 것이 전부였을 테니 만불성설이어서 어굴語屈했거나 위착違錯했을 것이 뻔했다. 만분다행히 그 친구도 꽤장을 부리지 않았고 쏘개질하는 친구는 아무도 없었다. 그러니 선생님은 내가 한 위모僞冒를 아실 리 없었다. 그리고 몇 달 후 회충약을 나누어 주는 날이 왔다. 선생님은 나에게 변을 떼어 준 친구를 호명하며 약을 주셨다.

"김한국"

"네."

"백운일"

"네."

나는 시르죽은 작은 목소리로 대답했다.

우리는 같은 변을 제출했으니까 당연히 같이 호명되었다.

"술은 초물에 취하고 사람은 홋물에 취한다."는 말이 있다. 변 봉투와의 인연으로 그때의 그 친구와의 죽마구의가 다른 친구들보다 훨씬 깊어졌다. 불망지은(?)을 입었으니 안 그럴 이유가 없었다. 동주상구의 처지도 아니었는데 선생님으로부터 혼이 날 수도 있다는 것을 알면서도 나를 도와줬으니 당연히 그럴 수밖에 없었다. 어쩌면 그때에 선생님이 사실을 아셨으면 나도 친구도 교편으로 맞았을 것이 분명했으니 실제로 선생님이 아셨다면 아마도 구수지간(?)이 되었을지도 모른다.

같은 동네에 살아서 국민학교를 같이 다녔던 그때의 내 친구들은 명절 때마다 모임을 갖는다. 추석인 오늘도 나는 그때의 그 이야기를 한다. 역시 친구들이 한바탕 껄껄거리며 웃는다. 아마도 수십 번은 이 얘기를 했을 것이다. 그런데도 친구들은 새로운 이야기를 듣는 양 껄껄거리고 웃는다.

우리는 같은 시대에서 같은 추억을 먹은 소가 되었다. 언제든 필요할 때 되새김질하며 그 추억을 다시 꺼내먹는 소가 되었다. 내년에 똑같은 얘기를 해도 그 얘기는 오늘처럼 쾌소의 소재가 될 것이다.

선생님 죄송합니다.

그때 가짜 변 봉투를 제출한 일, 선생님도 이해해 주시는 거죠?

언젠가 면품할 기회가 있다면 선생님과 함께 웃고 싶다.

선생님은 대번에 "이놈!" 하며 웃으실 것 같다.

어쨌든 그때의 화장실이 무섭긴 무서웠나 보다.

지금도 너무 무양무양하다는 소리를 들으며 살고 있는 내가 감히 선생님을 속일 생각을 했으니 말이다.

만국기 휘날리는 운동회

출근 중에 차창 밖으로 장쾌한 음악 소리가 들려온다.

초등학교 운동회 날이란다.

그때도 그랬다.

운동회 날이면 학교가 아직 보이지도 않는 먼 곳까지도 힘차고 신나는 음악 소리가 들려왔다. 나는 달리기를 잘하지 못했다. 3등까지 부상으로 주는 연필이며 공책을 타 본 적이 없었다. 상으로 주기 위해 단상옆 흰 천막 안에 수북이 쌓아 놓은 학용품은 화중지병이었다. 나와는 상관없는 거였다. 그 학용품은 나의 기백을 올려주기는커녕 다른 친구들만을 위한 거였으니 괜히 짜증만 돋우었다.

안간힘을 쓰며 달리다 보니 넘어지기 일쑤였다. 아무리 오기로 분투쟁선해도 역부족이었다. 그날도 달리기 경기에서 꼴찌를 할까 봐 내내 걱정하며 걷던 등굣길에 멀찌감치 들려오는 음악 소리는 나를 들썽하게 했다. 운동장에 펄럭이는 만국기를 보는 것처럼 설레게 했다.

엄마, 아버지, 할아버지, 할머니 그리고 동네 사람들 대부분 운동회에 왔었다. 보통 운동회는 가을에 열렸다. 시골에서는 가을 추수하느라 몹시 바쁜 시기이기도 했다. 그런데도 운동회 때에는 마치 가을 축제라도 되는 양 대부분의 동네 어른들이 추수도 미루고 운동회에서 단취團聚했다. 동네 어른들이 가을 단풍놀이 갈 때는 누군가가 설두[10]를 했지만, 운동회 때는 누가 나서서 억지로 설두한 것도 아니었다. 그런데도 불관지사로 생각하지 않고 골몰무가의 백망중이어도 운동회 날에 맞추어 각자 알아서 추수 일정을 조정했다. 그렇게 운동회 날은 동네 사람들 모두가 만인동락 하는 승회勝會의 날이었다.

엄마는 서랍장에 잘 숨겨두었던 찬합 여러 개를 꺼내 보리밥을 꾹꾹 담아오셨다. 운동회 때 쓰려고 며칠 동안 모아 두었던 달걀도 모조리 꺼내서 달걀후라이도 만들어 오셨다. 평소에는 아버지 밥상에만 올리던 그 후라이를 잠뿍 만들어 오셨다.

---

10 앞장서서 일을 주선함.

운동회 때 쓰던 모자는 내 머리 크기보다 항상 작았다. 그 모자를 나름 멋지게 보이려고 이리저리 눌러도 써보고 젖버듬하게도 써보고 엇비뚜름하게도 써보며 연신 폼을 잡아 보기도 했다. 그래도 운동회 때 쓰는 모자는 늘 어색하게 느껴졌다.

그날도 나는 꼴찌를 하지 않으려고 무리해서 달리다가 넘어지고 말았다. 5열 종대로 줄을 서서 차례대로 한 달리기였다. 궁계窮計로 달리기를 잘 하지 못하는 친구들과 같은 열에 끼이려고 치열한 눈치 싸움 끝에 한 달리기였다. '선도미후지미[11]'이니 눈치싸움 없이는 등수 안에 들 수 없을 것을 뻔히 알고 있었기 때문에 그리할 수밖에 없었던 달리기였다.

무의식적으로 엄마가 응원하며 앉아계시던 곳을 바라보았다. 역시나 엄마가 걱정스런 표정으로 달려 나오시는 것이 보였다. 나는 너무 창피해서 곧장 다시 내달렸다. 그날도 학용품은 고사하고 꼴찌를 면할 수 없었다. 궁계로 한 달리기도 역시 헛물켠 것이 분명했다.

---

11 무엇을 먼저 계획한 다음에야 그것을 이룸을 이르는 말.

운동회 때 교실에서 다 같이 점심을 먹는 사진 1

운동회 때 교실에서 다 같이 점심을 먹는 사진 2
맨 왼쪽에서 세 번째가 작가의 할아버지

　　　오늘도 시골뜨기 유년에게 그리움을 띄운다

점심시간이 되어 교실에서 여러 개의 나무 책상을 테이블처럼 붙여놓고는 그 위에 밥과 반찬이든 찬합을 모두 올려놓고 점심을 맛있게 먹었다. 한복과 두루마기까지 입으신 할아버지가 작은 걸상에 앉아 점심을 드시는 것이 왠지 힘들어 보였다. 몇 번을 일어나서 드시다가 앉아서 드시기를 반복하셨다. 그런 중에도 큰형에게는 이것저것 먹으라며 맛있는 음식을 챙겨주셨다. 평소에도 우리 집 장손이라며 우리 3형제 중에 제일 많이 아껴주셨다. 할아버지의 그런 편애가 나를 서운하게도 했다. 하지만 운동회 날은 먹을 수 있는 맛있는 많은 음식이 있어서 괘념치 않았다. 운동회 날은 그렇게 풍족하게 먹을 수 있는 날이었다. 평소에는 아버지만 드시던 달걀후라이도 여러 개를 통거리로 먹을 수 있는 날이었다.

　"엄마! 넘어지지만 않았으면 내가 일등 했는데…."

　나는 입안 가득한 밥을 씹으며 장난스레 말을 했다. 골풀이하듯 말하지는 않았다. 어차피 넘어지지 않았어도 내가 3등 안에 들 수는 없었다는 것을 알고 있어서 그랬다.

　"으이구! 그래, 넘어지지 않았으면 네가 일등 했다."

　엄마는 늘 그렇게 장단을 맞춰주셨다.

할아버지 할머니를 비롯해서 온 식구가 집 밖에서 그렇게 즐겁게 음식을 나누어 먹는 날은 운동회 날이 유일했다.

　　명절을 빼고는 돈반[12]할 수 있는 단 하나의 날이었다.

　　손자가 생기면 맛있는 음식을 준비해서 손자가 다니는 초등학교 운동회 때 꼭 가보고 싶다. 그때에도 가까이서 듣는 혼고 소리처럼 장쾌한 음악 소리가 들리면 좋겠다. 하늘에는 그때처럼 만국기가 펄럭이면 더욱 좋겠다. 그런데 아들놈들은 아직 장가갈 생각이 없나보다. 아들 두 놈이 있어도 아직 필혼은커녕 개혼도 하지 못하고 있으니 이놈들이 정말로 장가가지 않으면 어쩌지?

12　한꺼번에 밥을 많이 먹음.

주워온 비닐우산

오랜 세월 동안 계 모임을 하고 있는 친구들과 '문경새재도립공원' 여행을 했다.

정확히 말하면 '〈왕건〉의 드라마 세트장'을 목표로 두고 트레킹 삼아 여행을 했다.

난 이미 두 번씩이나 다녀온 곳이지만 그곳을 처음 여행하는 친구가 있어서 그리 정했다. 다른 여행지를 정하지 않고 친구를 배려해서 그곳을 해행하기로 했다.

"친구는 옛 친구가 좋고, 옷은 새 옷이 좋다."고 오래도록 정의를 쌓아온 친구들이라 편하게 터회하거나 토정할 만큼 친막친親幕親할 수밖에 없었다. 그런 심교心交를 위해서는 얼마든지 양보할 수가 있어서 그랬다.

우리 계모임은 대학교 때 만난 친구들이 결혼을 해서 40여 년 동안 부부 동반으로 주기적으로 만나온 모임이다. 모두가 무일푼으로 일가를 이루어 자수성가한 친구들 모임이다. 대학교 친구들의 모임이지만 늘 부부들이 함께 만나니 부부들의 모임이기도 하다. 부부들 중 아무도 돈을 보고, 얼굴을 보고, 부부의 연을 맺은 것이 아니다. 그러니 "가빈에 사양처라."고 곤궁했던 긴 시간 동안에 부부간에 쌓아온 정의가 애틋할 수밖에 없는 그런 부부들이다. 친구들 모두가 조강지처불하당[13]의 깊은 뜻을 알고 잘 실천하고 있어서 그런지 양주兩主[14]들 모두 자타공인 찰떡근원의 비익조[15]들이다. 곁에서 같이 걷는 것만으로도 서로에게 위안과 편안함을 가져다주는 서로의 지기지우인 숙친한 지구知舊들과 부부들이다.

도립공원 초입에 이르러 주차를 했다. 하늘이 꾸물꾸물한 것이 금방이라도 비가 쏟아질 것 같았다. 나는 차 안에서 우산 두 개를 챙겼다. 아내가 "일기예보에 '오늘 비가 오지 않는다.'고 했다."면서 우산을 그냥 차에 두라고 핀잔을 주었다. 다른 친구들도 아무도 우산을 챙기는 것 같지 않았다. 마지못해 우산 하나만 겨우 챙겨가기로 했다. 만유루없이 일을 하는 성격 탓인지 하나쯤은 꼭 있어야 될 것 같아서 그랬다.

---

13 가난할 때 함께 고생한 아내는 버리지 말아야 한다는 고사.
14 바깥주인과 안주인이라는 뜻으로 '부부'를 이르는 말.
15 부부가 서로 사이가 좋은 것을 비유적으로 이르는 말.

10분쯤 걸었을까. 박물관이 있어서 잠시 들러 보기로 했다. 전시실 여기저기를 종람하던 친구가 도롱이 입고 모내기하는 농부 모습을 찍은 민속 사진 앞에서 물었다.

"저 도롱이 입으면 정말로 비에 젖지 않았을까?"
"큰비 오면 다 젖었겠지. 그래도 저 도롱이라도 입으면 위안이 되지 않았겠어?"

내가 국민학교 다닐 때에 우리 집은 8남매가 모두 학교를 다녔다. 국민학교, 중학교. 그러니 비 오는 날 아침이면 항상 우산이 부족했다. 학교까지 주워 온 찢어진 비닐우산을 쓰고 가야 했다. 그것도 없을 때가 많았다.

"내일 비가 온단다."
"아이! 또 걱정이네."

비가 온다는 예보가 있으면 내일이 걱정이었다. 우리 집에는 대나무로 만든 파란색 비닐우산이 몇 개씩 있었다. 길가에 버려진 찢어진 비닐우산을 주워서 모아 둔 것이었다. '진날 나막신 찾듯' 하지 않고 평소에도 찢어진 비닐우산을 소중히 생각하고 모아두었다. 그 찢어진 우산이었지만 얼마나 고마웠는지 모른다. 누군가가 필요 없다고 버린 우산이 나에게 요긴하게 쓰이고 있었다. 비록 우산살이 부서지고 비닐이 여기저기 찢기고 커다란 구멍이 나 있어서 '끝 부러진 송곳'과 다름없었지만 나에게는 참으로 고마운 존재였다. 한 번도 네뚜리로 여긴 적이 없었다.

하굣길에 누군가가 버리고 간 찢어진 비닐우산을 또 하나 줍기라도 하면 돈이라도 주은 것처럼 좋았다. 그때의 우산은 그 존재 자체로 나에게 커다란 위안이었으리라. 사진 속 농부의 도롱이처럼, 그리고 40여 년 이어온 계모임 친구들처럼 말이다!

박물관 전시품을 완상玩賞하고 나오니 끄무러진 하늘에는 먹구름이 잔뜩 끼었고 몇 방울씩 빗방울이 떨어지기 시작했다. 간대로 그칠 것 같지 않았다.

"아이고! 비가 오는구나! 나도 우산을 챙겼어야 되는 건데!"

괜히 번거롭게 우산을 챙긴다고 핀잔을 주던 친구들이 멋쩍은 듯 말을 했다. 아내도 미안한 듯 말이 없었다. 비에 대한 대비는 나를 따라올 친구가 없었다. 나는 어려서부터 그렇게 훈련이 되어 있어서 그랬다. 비올 때를 대비해서 찢어진 비닐우산을 소중히 생각하며 모아둘 때부터 그리 훈련되었다.

친구들은 미처 우산을 준비하지 못한 터라 아내들은 잠시 박물관에서 기다리게 하고 남편들이 주차장에 주차해 둔 차에 가서 우산을 가져오기로 했다. 나는 우산 하나를 가지고 있었지만 아내에게 맡기고, 이참에 차에 있는 우산 하나를 마저 가져오기로 하고 같이 가기로 했다. 미안해하는 아내가 "우산 하나로 같이 쓰면 된다."고 했지만 분명 큰비가 올 것 같아서 그리 하기로 했다.

가는 도중에 비는 더 세차게 내리기 시작했다. 두 손으로 머리를 감싸고 탈토지세로 부리나케 달렸다. 노드리듯 죽죽 쏟아지는 질우疾雨에 '손샅으로 밑 가리기' 하는 격이었다. 그렇게 무방비 상태에서 온몸은 금세 하릴없이 쫄딱 젖어 '물에 빠진 생쥐'가 되고 말았다. 찢어진 비닐우산이라도 있으면 남 눈치 보지 않고 주워서 쓰고 싶었지만 있을 리 만무했다. 지금은 세상이 바뀌어서 쓰고 버리는 옛날의 비닐우산이 없다. 그래도 간절했다.

여행을 마치고 집에 돌아와 보니 살이 하나 부서진 우산이 있었다. 쓰레기봉투에 담아 아파트 앞 쓰레기통에 넣었다. 그 모습을 지켜보던 경비아저씨가 내가 막 버린 쓰레기봉투에서 우산을 다시 꺼내더니 금세

우산천과 우산살을 분리하며 뻣성내서 말했다.

"우산을 그냥 버리시면 안 됩니다. 이렇게 분리해서 우산살은 재활용 통에 넣으셔야 합니다."

경비아저씨는 우산천을 한 발로 밟고는 우산 손잡이를 위로 순식간에 들어 올렸다. 그렇게 우산천과 우산살을 말끔하게 분리하는 시범을 보이며 말했다. "아차!" 하는 생각이 들었지만 내 마음을 더욱 무겁게 하는 생각이 스쳐 갔다. 찢어진 비닐우산을 소중히 여긴 것은 단지 비급備急을 위해서만이 아니었었다. 작은 것도 소중하게 여기던 내 마음이 있었었다. 풍요가 몰고 온 삭정이 같은 무서운 삭막함이 스쳐갔다. 우산살이 하나 고장 났다고 쉽게 버리는 나나, 그 우산을 아무런 미련 없이 금세 분해해 버리는 경비아저씨나 똑같이 우산의 소중함을 잊고 사는 것 같아 비감이 몰려왔다.

숙습난방이라고 했는데 그게 아니었다. 풍요가 이미 내 심주와 행동까지 지배하고 있었다. 쉽게 버리는 것이 이미 습염習染이 되어 있음을 알았다. '문경새재도립공원' 여행을 할 때 비를 맞으며 생각했던 "찢어진 비닐우산이라도 있으면 남 눈치 보지 않고 주워서 쓰고 싶다."는 간절함도 여측이심[16]이었을 것이 뻔했다. 아마도 잠시 비만 피하고 그대로 쓰레기통에 버렸을 것이 틀림없었다.

　다음에는 우산을 직접 고쳐서 사용해야 할 것 같았다.

　찢어진 비닐우산을 소중히 여기던 그때의 그 마음으로 꼭 그래야만 될 것 같았다.

　살이 하나 부서졌다고 발샅의 때만큼도 여기지 않고 무용장물로 취급해서 그냥 버려서는 안 될 것 같았다.

　노적가리를 바라보며 행복해하는 농부처럼, 주워온 찢어진 비닐우산을 바라보면서도 행복해했던 그 마음이 더 이상 내 마음이 아니어서는 안 될 것 같았다.

　고철 수집 통에 덩그러니 버려진 천이 없는 앙상한 우산살을 바라보며 가슴속 깊은 곳에서 비회가 몰려오는 것이 느껴졌다.

　뒤늦은 깨달음에 어느 것이 진짜 내 심성정인지 심상이 착잡했다.

16　화장실에 갈 적 마음 다르고 나올 적 마음 다르다는 뜻.

달고나를 만들어 먹고 싶던 아이

하굣길의 문방구 가게 앞에는 으레 달고나를 파는 아저씨가 있었다. 달고나는 다른 물건과는 달리 늘 가게 앞에서 점두매매를 했다. 천안에 살던 나는 달고나를 '띠기'라고 불렀다. 알고 보니 지역마다 부르는 이름이 달랐다. 쪽자, 뽑기, 똥과자 등도 그 이름 중의 하나다.

국자에 흰 설탕과 소다를 겉가량으로 적당히 넣고 나무젓가락으로 휘휘 저으면 신기하게도 배뢰처럼 터질 듯 둥글게 부풀어 오르면서 색깔이 연한 갈색을 띠었다. 장사하는 아저씨는 그것을 재빨리 쟁반 같은 널따란 철판 위에 붙고는 넓고 동그란 누르개로 눌렀다. 그런 다음 새나 물고기 모양과 같은 여러 가지 문양이 있는 틀을 '장발에 치인 빈대'같이 동글납대대해진 달고나에 대고는 꾹 찍어서 문양을 냈다. 그러고 나서 조금 기다리면 눅실하던 달고나가 금방 딱딱하게 굳었다. 그 문양 모양의 새나 물고기만 남도록 나머지 부분을 잘 오려내야지만 아저씨가 덤으로 한 개를 더 만들어 주셨다.

　상술이었다.

　아이들이 한 개를 더 얻으려고 아망부리며 여러 번 시도해 보아도 모두 실패만 할 뿐 성공해서 환호작약하는 아이를 보지 못했다. 문척문척한 달고나를 깨지지 않게 오리는 일은 아이들에게는 천년일청이었다. 그렇게 통천지수인 날떠퀴가 있어야 겨우 성공할까 말까 했는데도 노박魯朴한 아이들은 아무도 엉너리 쳤다고는 생각하지 않았다.

　나는 가진 돈이 없어서 달고나를 사 먹은 적이 거의 없었다. 깨질 듯 말 듯 아슬아슬하게 문양대로 오리려고 애쓰는 여리박빙의 긴장된 모습을 지켜보는 일이 재미가 있었다. 다른 친구들과 함께 옆에서 쭈그리고 앉아서 그 모습을 구경하곤 했다. 가끔씩은 깨뜨린 달고나 몇 조각을 얻어먹을 수도 있었다. 나같이 구경하는 친구들이 많아서 달고나를 파는 가게 앞에는 '청천에 구름 모이듯' 사람들이 늘 모꼬지해서 시글시글했다. 유몽들이 시끌벅적했다.

　하루는 집에서 달고나를 해 먹기로 마음먹었다.

　그동안 한 번도 해 먹어 본 적이 없었다.

　그래도 위불위간 해보기로 했다.

가게 앞 아저씨가 하던 것을 떠올리며 살강에 걸려 있던 엄마가 쓰시던 국자를 사용하기로 했다. 엄마가 찬장에 숨겨 놓은 설탕을 찾아 넣고 소다를 조금 넣어서 연탄불에 올려놓고 나무젓가락으로 휘휘 저었다. 정말로 달고나가 되었다. 쟁반에 부어 누르개 대신에 스텐 식기 바닥으로 꾹 눌러 보았다. 그런데도 가게 앞 아저씨가 하던 것처럼 납작하게 쟁반에 펴지지 않았다. 식기에 그대로 달라붙었다. 혹시나 해서 여러 차례 해보아도 마찬가지였다. 국자는 새까맣게 타버린 설탕으로 인해 못쓰게 될 정도였고 쟁반 또한 그러했다. 이 사실을 안 엄마에게 오지게 혼났다.

등짝도 여러 차례 맞았다.

아프지 않은 등짝을 여러 차례 맞았다.

영화 〈오징어게임〉에서 달고나가 등장해서 요즘에는 시장에서 가끔씩 달고나를 파는 아저씨를 볼 수 있다.

의구한 추억의 그 장면 그대로다. 〈오징어게임〉의 배경음악이 덧거리 상품보다 주목받는 여리꾼이 되어 사람들을 유객하고 있다. 여리꾼 음악이 무심코 지나가던 사람들을 사로잡아 여립켜고 있다. 진짜 여리꾼처럼 실랑이할 필요가 없다. 그렇게 장사하는 모습에서 좀 세련되었다는 생각이 든다. 다만 진짜 옥자둥이는 없고 아이 흉내를 내는 어른들만이 쭈그리고 앉아 고주孤注하는 노름꾼처럼 긴장해서 달고나를 오리고 있다. 그 도습이 3월에 내리는 설이雪異만큼 어색하다.

지나가는 어른들이 가끔씩 잘 오리고 있는지 남상남상 쳐다만 볼 뿐 바둑판에서 훈수 두듯 하거나 용훼하는 일언거사[17]는 없다. 아무리 파한破閑으로 달고나를 오리고 있더라도 달고나를 오리는 일이 전심치지하는 일이라는 것을 알고 있어서 그렇다. 누구도 홍이야항이야 말을 걸려고 하지 않는다. 오리고 있는 사람이나 지나가며 쳐다보는 사람이나 모두 치심상존인 것 같았다. 신로심불로라는 생각이 떠올랐다.

아내와 함께 나부랑납작한 새 모양의 달고나를 나무 이쑤시개로 콕콕 눌러 오려보았다.

역시나 실패했다.

"여보, 하나 더 합시다."
"네, 그럽시다. 아마 밤새 해야 될 거요."

그렇게 여러 번 또 실패했다. 내가 숫스러워서 장사꾼 언구럭에 넘어간 것일까?

아니다.

---

17 말참견하기를 좋아하는 사람.

내가 빙충맞아서 뻔히 실패할 줄 알면서도 매달리는 것일까?

아니다.

그럼 왜 어런더런 사람들이 오가며 힐끔힐끔 쳐다보는데도 달고나를 오리고 있었을까?

내가 호승지벽이 있어서 매달리는 것일까?

그것도 아니다.

내가 소아병적 아집이 있어서 매달리는 것일까?

그것도 아니다.

나는 분명 여러 차례 어린 시절을 추회하며 추억을 오리고 있었다. 내가 달고나 기객이거나 기욕이 있어서 그런 것도 아니다. 나는 달고나 기객이 아니다. 유년 추억의 기객일 뿐이다. 시이사왕이어도 여세추이하지 않고 늘 그 자리에 있는 유년의 추억을 오리고 있었다. 추억을 오리는 데에는 달고나를 오리는 미립[18]은 필요하지 않다. 미립은 추억을 달아나게 할 뿐이다. 섬세하면서 소소하지만 진세에서 잠시 표일할 수 있다면 이게 바로 생세지락 아니던가! 남들이 어떻게 생각하든 나에겐 청유清遊이고 아유雅遊이니 말이다.

---

18 경험을 통하여 얻은 묘한 이치나 요령.

　　　　오늘도 시골뜨기 유년에게 그리움을 띄운다

나의 추억 놀이로 달고나 깨진 조각이 수북하다.

나누어 줄 아이들이 없다.

모두 어른뿐이다.

조그만 달고나 조각도 공득하면 좋았던 그 시절이 그립다. 파편이 된 달고나는 쓰레기통에 버리고 오린 추억은 가슴에 모아 담았다.

도화지 사는 날에만 사먹는 쫀드기

등하굣길에는 늘 학생들이 문방구점에 모여 군것질거리를 찾곤 했다. 그중에서도 주황색의 질기고 길게 생긴 쫀드기가 단연코 최고의 인기였다. 학교에서는 그것을 불량 식품이라며 "사 먹지 말라."고 했지만 사 먹지 않는 학생이 없을 정도였다. 학동들의 '코 묻은 돈'은 쫀드기가 모조리 빼앗아 갔다.

"엄마! 선생님이 오늘 도화지 준비해 오래. 그림 그리기 한다고."

늘 그러셨듯이 울 엄마는 "또 돈 달라고 한다."면서 반쯤 짜증 섞인 목소리로 말씀하셨다. 그도 그럴 것이 우리 집은 애옥살림에 8남매가 모두 학교에 다니고 있었다. 학교 가기 전에 나만 돈을 달라는 것이 아니었다. 엄마의 안돈 몇 푼으로는 감당하기 어려웠다.

도화지 값으로 몇십 원을 받아 주머니에 넣으면서 몇 원을 더 달라고 괜히 앙냥거렸다. 속으로는 남는 돈으로 무엇을 사먹을지 생각했다. 어차피 엄마는 지금껏 거스름돈을 받아오라는 말씀을 하신 적이 없었으니까 사슬돈 몇 원은 그리 생각해도 되었다.

나는 평소에는 수무푼전으로 주머니가 비어 있었지만 도화지 사는 날에는 그 주거니에 내가 맘대로 쓸 수 있는 동전 몇 개를 넣을 수 있는 날이었다. 주머니 속의 동전 몇 개가 나에게는 여득천금이었다.

여툴 생각은 아예 하질 않았다. 일립만배나 집소성대를 깨우쳐서 돈을 모을 생각을 할 나이가 아니었다. 수만 올의 가는 실로 여러 밤낮을 길쌈해서 옷감을 만든다는 것을 깨달을 수 있는 때가 아니었다.

하굣길에 어김없이 아침에 도화지를 샀던 그 문방구점에 들렀다. 이미 난 거스름돈으로 쫀드기를 사 먹기로 했다. 문방구점에 들어서자마자 쫀드기를 집었다. 나처럼 쫀드기를 사 먹으러 온 친구들로 문방구점 안이 이미 욱시글득시글 했다.

쫀드기는 실같이 가늘게 여러 갈래로 찢어 먹을 수 있어서 집에 가는 동안 내내 먹을 수 있었다. 쇠심떠깨처럼 질겨서 더 오래 씹어 먹을 수 있었다. 그래서 더 좋았다. 학교에서 집까지는 1시간이 넘게 걸렸다. 질긴 쫀드기는 그렇게 오랫동안 먹을 수 있어서 좋았다. 기분이 좋으니 먼하굣길도 엉덩잇바람을 일으키며 신이 나서 집까지 걸어갈 수 있었다. 그 모습은 흡사 쟁기질로 더운갈이[19]를 하시는 아버지의 뒷모습처럼 신이 났을 것이다.

　간혹 친구들이 나누어 달라고 하면 무명실처럼 가는 가락을 낱가락으로 몇 가락씩 찢어서 주기도 했다. 어차피 많은 가락이라 몇 가락쯤은 떼어 주어도 되었다. 내가 다른 친구에게 나누어 달라고 해도 마찬가지였다. 아무리 푸접없거나 타끈스럽거나 보비리 같은 친구여도 몇 가락은 나에게 나누어 주었다.

　나는 어떤 때는 일부러 반쯤은 남겨두고 집에 가져가서 연탄불에 살짝 구워 먹기도 했다. 구워 먹는 쫀드기는 그냥 먹는 것보다 맛이 더 좋다는 것을 이미 알고 있어서 그랬다. 나는 잔돈이 생기면 늘 쫀드기를 사 먹었다. 쫀드기는 내가 벽호하던 최애 군것질거리였다. 엄마도 그 사실을 알고 잔돈을 내놓으라고 하지 않으셨을 것이다.

　아내랑 마트에 들러 여기저기 구경을 했다. 탁연히 눈에 띄는 것이 있었다.

_____

19　날이 몹시 가물다가 소나기가 왔을 때 그 물을 이용하여 논을 가는 일.

"와! 이거 그 쫀드기 아니야?"

　방불한 색깔이며 길쭉함이며 영락없는 그때 그 모습의 쫀드기였다. 경개여구였다. 요즘은 복고 열풍이라 50여 년을 거슬러 그때의 음식을 먹을 수가 있단다. 마트에서 장을 보고 집에 돌아온 아내는 어릴 적 불량 식품이라는 말이 아직도 생각이 나는지 쫀드기를 그냥 먹지 못했다. 가스불에 누렇게 구워서 나보고 같이 먹자고 한다.

　그랬어!
　틀림없는 이 맛이었어!
　모양과 색깔만 닮은 것이 아니라 정말로 그때의 그 맛을 고스란히 재현한 구뜰한 맛이 났다. 아니, 내가 그 시절에 돌아가서 먹고 있는 듯했다.

　부산에서 비교적 부유하게 어린 시절을 보냈던 아내도 그 불량 식품(?)에 대한 어릴 적 추억이 많았다고 한다. 나이가 들어서 인지 이제는 조금은 질기다는 생각이 들었지만 아내와 함께 쫀드기를 먹으며, 먹고 싶어도 돈이 없어서 사먹지 못했던 그때의 어린 시절을 추억해 본다. 불량 식품(?)을 가락가락 찢어 먹으며 가락가락 마다 숨어 있는 그때의 추억을 되씹어 본다. 연탄불에 노랗게 뒤틀리며 구워질 때 풍기던 복욱한 향기를 그리며 그때를 추억해 본다.

시멘트부대 종이로 대신한 새 책의 책가위

해마다 학년이 바뀌고 새 책을 받으면 설렘을 안고 겉표지에 내 이름 부터 연필로 꾹 눌러썼다.

'2학년 1반 백 운 일'

새 책은 그대로 사용하지 않았다. 꼭 겉표지를 새로 만들어 사용했다. 새 책은 왠지 그냥 사용하면 안 될 것 같았다. 해져서도 안 되고 찢어져 서도 안 된다고 생각했다.

그런데 책가위로 쓸 종이가 문제였다.
두꺼운 종이가 필요했다.
우리 집은 8남매가 동시에 학교를 다녔다. 당연히 새 책을 쌀 종이가 항상 부족했다. 해가 지난 달력은 책가위로 안성맞춤이었지만 이미 형들과 누나들 차지였다. 달력을 달라고 조를 수도 없었다. 내가 암상이 없어서가 아니었다.

형제들 간의 위계질서가 분명해서 그랬다.

우선순위에서 밀려서 그랬다.

그것이 당연한 것이라 여겨서 그랬다.

나는 창고 한구석에 쌓아둔 빈 회 부대 종이와 시멘트 부대 종이를 가져다가 가위로 자르고 오려서 상표 무늬와 글자가 없는 안쪽 부분이 책 겉표지가 되도록 싸맸다. 그때 당시에는 '새마을 운동'이 한창일 때라서 동네에서는 매일 시멘트를 가지고 하는 공사가 진행 중이었다. 집집마다 그 시멘트 부대 종이가 처 쟁여 있을 정도로 거재두량이었다. 평소에 책가위 종이로 축장해 놓지 않아도 언제든 쉽게 구할 수가 있었다.

형들 책표지는 달력 표지로 싸맸으니 해끔하고 깔끔했다. 금방 새 책임을 알 수 있었다. 내 책가위는 누렇고 쭈글쭈글 했다. 회 부대 종이와 시멘트 부대 종이로 싸맸으니 당연했다. 허울은 그렇게 보여도 은박이라도 한 것처럼 기분이 좋았다. 대푼짜리 책가위도 나는 너무 좋았다. 남들이 책가위가 거지발싸개 같다고 놀려도 상관하지 않았다. 고급스런 표지로 예쁘게 장정한 책보다도 나는 좋았다. 새로 책뚜껑이 된 잘 싸맨 책가위에도 이름을 썼다.

'2학년 1반 백 운 일'

그렇게 책가위를 하고 이름을 쓴 책 안쪽에는 여러 책갈피에 봉숭아 꽃이며 나팔꽃으로 석엽을 만들었다.

나는 지금도 새 책을 사면 책뚜껑에 이름을 쓰고 싶어진다. 아니 실제로 이름을 쓴 책이 꽤 많다. 그때의 그 설렘으로 **세무사 백 운 일**'이라고 표서한 책이 꽤 많다.

지금도 내 옥안玉案 위에 그렇게 표서한 책들이 놓여 있다.

입학식 날 엄마가 달아준 손수건

앨범을 정리하다가 아주 오래 전의 사진을 보고 미소가 흘러나온다. 국민학교 1학년 입학 사진인데 왼쪽 가슴에 커다란 손수건을 옷핀에 달

고 있는 사진이다. 나만 손수건을 달고 있는 것이 아니었다. 한 살 위인 사촌 형과 같이 입학하면서 찍은 사진인데, 그 형의 가슴에도 손수건이 달려 있었다.

국민학교 입학식 날, 사촌과 함께 찍은 사진
왼쪽이 작가

내가 어릴 때는 어른이고 아이고 할 것 없이 콧물을 흘리는 사람들이 많았다. 어른들은 코를 풀고 싶을 때는 콧등에 엄지와 검지를 갖다 대고 는 '흥' 하는 소리를 내면서 땅바닥에 코를 풀었다. 순식간에 콧물이 땅바닥에 처박히듯 쏟아졌다. 코를 풀면서 손에 묻은 콧물은 태연히 벽이나 나무 기둥에 슥슥 문질러 닦으면 되었다.

추습醜習이지만 그땐 그랬다. 그러니 그때에는 어디를 가나 나무 기둥에는 그렇게 문질러진 콧물이 더께가 되고 주버기가 되어 있는 것을 쉽게 볼 수 있었다. 겉더께는 마광을 한 것처럼 반들반들하게 빛났다.

아이들은 코를 어른처럼 풀 수 없었다. 그냥 숨을 들이마시며 목구멍으로 빨려 들어온 콧물을 삼키거나 그냥 줄줄 흘리는 수밖에 없었다. 입술까지 흘러내린 콧물을 들이마시기 위해 '흥' 하면서 콧물을 빨아들이면 신기하게도 늘어진 용수철이 오므라들 듯이 순식간에 콧속으로 빨려들어갔다. 그때 당시에는 왠지는 모르겠으나 콧물의 점성이 지금보다는 훨씬 강했던 것 같다. 아이들의 인중에는 흘러내린 콧물이 굳어서 늘 하얀 코딱지가 붙어 있었다. 시도 때도 없이 콧물이 나오려 했으니 '흥' 하면서 콧물을 빨아들이는 소리도 여기저기서 들을 수 있었다. 수업 시간에도, 밥 먹는 시간에도, 심지어 선생님으로부터 꾸중을 듣고 있는 순간에도 그랬다. 아무리 엄전한 학생도 예외는 아니었다.

사진 속의 손수건은 "국민학생이 되었으니 이제는 콧물을 흘리지 말고 콧물이 나오면 너벙이 손수건으로 닦고 응연히 학교생활을 하라."는 뜻에서 엄마가 달아주신 것이었다. 그런데 그 손수건을 달고 다닌 기억은 없다. 아마도 입학식 때만 달아주셨다가 그 이후로는 달아주시지 않았던 것 같다. 손수건을 일일이 챙겨주시는 일도 쉬운 일이 아니었을 것이고, 달아주어도 얼룩진 손수건을 달고 다니는 일은 좋아 보이지 않았을 테니까 그리하셨을 것이다.

지금은 콧물을 흘리는 아이가 없다. 영양 상태가 좋아져서 그런 것이란다. 충분히 납득이 가는 말이다. 그때 당시에는 너나 할 것 없이 풍족하게 먹고 살 수 없는 세상이었으니 코흘리개가 되는 것은 당연했다.

코흘리개는 이제는 TV 코미디 프로그램에서나 볼 수 있는 모습이 되었다. 나와 같은 시절을 보내지 않은 세대라면 아마도 그런 모습도 생경할 것이다. 코를 풀면서 손에 묻은 콧물을 태연히 벽이나 나무 기둥에 슥슥 문질러 닦는 모습을 본다면 기겁을 할 것이다.

취연처럼 위안이 되었던 조개탄 난로

내 어릴 적의 겨울 날씨는 지금보다 훨씬 추웠던 것 같다는 생각이 든다. 실제로 통계로 보아도 그렇다.

우리 집은 천안에 있었다. 겨울이면 영하 13도 이하로 떨어지는 경우가 많았다. 아무리 털장갑과 남바위로 중무장을 하고 학교에 가더라도 추위를 견디기는 쉽지 않았다. 게다가 학교는 일우명지에 있지 않았다. 집에서 학교까지의 거리는 족히 10리가 넘었다. 학교에 가면서 제일 먼저 떠오르는 생각은 '오늘은 난로를 피워 주려나?'였다.

휘뚤휘뚤한 논틀밭틀을 지나 고개를 넘으면 과녁빼기에 학교가 보였다.
그때 제일 먼저 한 일은, 교실 창문으로 연결된 난로 연통에서 배연排煙이 나오고 있는지 아닌지를 확인하는 거였다.
겨울이면 늘 난로를 피워 주는 것이 아니어서 그랬다. 기준을 정해서 영하 몇도 이하로 날씨가 추워져야 난로를 피워 줘서 그랬다.

멀리서 검실검실 피어오르는 난로 연기는 그야말로 동구 밖에서 놀다가 배고플 때 바라보던 우리 집에서 나던 취연炊煙처럼 위안이 되었다. 학망하던 난로 연기가 보이면 늠렬한 추위도 참을 수 있었다.

교실에는 철로 만든 난로가 있었다. 그 난로는 조개탄으로 불을 피웠다. 그 조개탄은 학급별로 배급을 했다. 무게를 달아서 배급을 하는 것이 아니어서 배급량이 매일매일 똑같지는 않았다. 조개탄은 그날의 주번이 소사 아저씨가 배급해 주는 창고에 가서 받아왔다. 아무리 더 달라고 애걸해도 소용없었다.

어떤 때는 주번 학생과 함께 여러 명이 같이 가서 소사 아저씨 몰래 조개탄을 몇 개씩 주머니에 넣어 훔쳐 오기도 했다. 교주고슬이던 나도 친구 따라 그렇게 했다. 손바닥이나 옷 주머니가 새까매지는 것을 모를 리 없었다. 친구들이나 나나 교힐해서 그런 것도 아니었다. 조개탄이 배급되지 않는 경우도 종종 있을 정도로 조개탄이 귀하고 절실해서 그랬다.

조개탄이 떨어진 날은 솔방울이 조개탄을 대신하기도 했다. 그 솔방울은 그런 날을 대비해서 학생들이 비료 부대 한가득씩 숙제로 제출했던 솔방울이었다. 조개탄 난로는 불이 꺼지지 않을 정도로만 조개탄을 보충하며 오전부터 오후 내내 불을 피웠다. 난로 위에는 양철 도시락이 여러 겹으로 쌓여 있었다. 중간쯤 위치해 있는 도시락은 맨 아래에 있는 도시락이 겅그레 역할을 해서 아무런 문제가 없었다. 맨 아래에 있는 도시락은 밥이 타거나 심하게 눌었다.

요즘은 조개탄 난로를 쓰는 곳이 거의 없다. 연통을 연결한 철로 만든 난로도 여간해서는 보기 어렵다. 난로 위에 눌고 있는 도시락은 더더욱 볼 수 없다.

명절에 고향에 가면서 '삼국유사군위휴게소'에서 조개탄 난로와 양철 도시락을 흉내 내어 음식을 파는 것을 보았다. 반가운 마음에 냉큼 주문하고 도시락을 열어보았다. 달걀후라이와 햄 소시지가 그때 당시의 부잣집 아이의 도시락처럼 보인 것 말고는 그때의 그 도시락과 같은 분위기여서 좋았다. 아내는 옛날의 도시락과 똑같다며 맛있게 먹었다. 아내는 부산에서 부유하게 자랐으니 아마도 달걀후라이와 햄소시지가 있는 도시락이 당연한 것으로 보였나 보다.

"농사를 짓고 살겠노라."며 삼랑진 산속에서 농막을 짓고 살고 있는 친구 집에 갔다.

연통이 달린 무쇠로 만든 난로가 따끈하게 방안을 데우고 있었다.

어릴 적 추운 겨울날의 교실 안 풍경이 선연하게 떠올랐다.

내 오른손에는 그 친구가 산에서 채취한 열매를 오랫동안 숙성해서 만든 따듯한 차가 들려 있었다. 그 차에서 나는 옅은 향을 품은 김과 고박苔柿한 두쇠 난로의 온기가 나를 그 겨울 그 교실 속으로 시간여행 하도록 흘렸다.

해마다 방학 마지막 날에 하는 방학숙제

방학이 되면 노는 일이 우선이었다. 나는 팔자 좋은 '두덩에 누운 소'가 되었다.

"놀지만 말고 방학숙제 좀 해라."

엄마는 방학 숙제를 "노량으로 하지 말고 지며리 하라."고 매일매일 족대기며 재우치셨지만 전혀 귀에 들어오지 않았다. 개학날이 다가와도 신경 쓰지 않았다. "하루 물림이 열흘 간다."고 했는데도 신경 쓰지 않았다. 차탈피탈하며 숙제를 미루었다. 개학 날이 임박해서야 만들기, 곤충 채집, 방학 책 작성, 일기장 작성과 같은 방학 숙제를 시작했다. 한 번에 몰아서 했다.

방학이 되면 방학 중에 공부할 내용이 수록되어 있는 '방학책'을 나누어 주었다. 겉표지에 '방학 생활', '방학 공부'라고 크게 이름을 붙인 책이었다. 방학 동안에 매일매일 조금씩 나누어서 숙제를 하도록 한 책이었는데 실은 개학날이 당두해서야 절핍해서 한 번에 몰아서 숙제를 했다.

매일매일 일기를 쓰는 일도 마찬가지였다. 그 방학숙제를 몰아서 하느라 형과 누나가 모두 동원되었다. 나에 대한 웬만한 진구팁은 형과 누나가 울 엄마를 대신하는 경우가 많았다. 방학 숙제도 마찬가지였다. 판둥판둥 놀기만 하고 뭉그적뭉그적 둥개고 있는 모습이 미웠겠지만 부개비잡혀서 마지못해 도와주었다.

그래도 돌아서 할 수 없는 일이 하나 있었다.

방학 책과 일기장에는 매일매일의 날씨를 기록하는 '란'이 있었다. 3일 전까지는 날씨를 알 것 같았지만 그전에는 도무지 기억을 할 수가 없었다. 아무리 염출念出해도 그 날이 맑았는지, 흐렸는지, 눈이 날렸는지, 비가 왔는지 도무지 알 수가 없었다. 엄마에게 여쭈어보아도 "이 녀석이? 그래서 엄마가 미리미리 숙제 좀 하라고 말했지 않느냐!"라고 혼내주시기만 할 뿐 날씨를 기억해 내시지를 못하셨다. 전화가 없어서 친구들에게 알아볼 수도 없었다. 동네 친구들이야 나보다도 더 놀기 바빴으니 물어 본들 답은 뻔한 것이어서 걱정이 이만저만한 게 아니었다.

고심참담한 끝에 생각한 궁계窮計가 '흐림'이었다. 맑았다가도 흐릴 수 있고 비나 눈이 오다가도 흐릴 수 있는 것이라고 생각해서 언제든 변명을 할 수가 있을 것 같았다.

매번 방학책과 일기장을 그런 식으로 몰아서 작성했다. 개학 날에 방학 숙제를 모두 제출하고 나면 그때부터 혹시 계교計巧로 날씨를 거짓으로 작성한 것을 선생님이 지적하실까 봐 조마조마했지만 한 번도 지적을 하신 적은 없었다. 선생님도 다 알고 계셨을 것이다. 내가 숙제를 몰아서 했다는 것을. 아니 대부분의 아이들이 나처럼 몰아서 숙제를 했다는 것을.

나는 해야 할 일을 '홀아비 굿 날 물려가듯' 미루는 경우가 거의 없다. 오히려 정해진 일정보다 빨리 일을 끝내는 경우가 많다. 정폐停廢해서 유시무종이 되는 경우는 더욱 없다. 그래야 홀가분해진다. 한번 시작한 일은 주근주근 일을 해서 되도록 빨리 끝내는 편이다. 대충 끝내는 일은 없고 모든 일을 종리綜理한다.

흘미죽죽하다가 절핍해서 다급하게 일을 하는 경우는 더더욱 없다. 전습前習이 대상부동하게 완전히 없어졌다. 습여성성이 되지 않아서 정말 다행이다.

그런데 그때는 왜 '설달이 둘이라도 시원치 않을 정도'로 숙제를 하지 않고 늦잡죄었는지 모르겠다.

내가 성격이 변한 것일까? 아니면 그때처럼 신나게 놀 수 있는 마음의 여유가 없어진 것일까?

둘 다 맞는 것 같다.

빡빡머리 중학생이 되는 날

내 위로는 다섯 살 넘게 터울이 있는 누나가 있다. 아침밥을 급하게 먹고 나서 학교에 가려고 가방을 챙겨 메면 누나는 늘 내 머리를 쓰다듬으며 예쁘다고 말했다. 어색하게 툭 튀어나온 뒤통수도 많이 예쁘다고 했다. 그래서 짱구 박사라고 자주 불렀다. 사실 내 뒤통수는 많이 튀어나왔었다. 그러니 틀림없이 나를 놀리는 패호牌琥라고 생각했다.

내일 중학교 입학하는 날이 다가왔다. 엄마는 나를 동네 이발소에 데리고 가셔서 "빡빡머리로 해주세요."라고 부탁을 하고는 돈만 내고 휙 나가버리셨다. 이발사 아저씨는 "아이고! 이제 중학생이 되는구나! 짱구 박사가."라며 놀리셨다. 그때까지는 그래도 아무렇지 않았다. 그런데 바리캉[20]이 뒤쪽 머릿밑에서부터 앞쪽 머리끝까지 단숨에 넘어오며 새까

---

20 머리 깎는 도구로 일본식 외래어임.

만 내 진발鬚髮인 머리카락을 하얀 보 위에 뭉텅뭉텅 연신 떨구어 낼 때에는 서럽고 부끄러웠다.

얼룩진 거울에도 밝게 비친 튀어나온 내 뒤통수가 너무 싫었다. 누가 볼까 봐 얼른 집에 돌아와서 거울을 보았다. 몽구리를 한 내 모습은 내가 알던 내 모습이 아니었다. '꽁지 빠진 새'처럼 추레하고 어색했다. 가끔씩 탁발하러 오는 중에게 '까까중'이라고 놀려댔는데 나도 까까중이 되었다. 서럽고 분했다. 나도 몰래 눈물이 나왔다.

"이제 중학생이니 교복 입고 그런 머리를 해야 한다."

엄마가 내 속을 알아채셨는지 나지막한 목소리로 말씀하셨다.

"싫어! 싫어!"

엄마의 말씀을 듣고는 더 서럽게 울었다. 대청마루에 발버둥질하며 여러 차례 큰 소리로 싫다는 소리를 외치고는 엉두덜엉두덜 오랫동안 엄마를 원망했다. 어린 마음에도 어색한 빡빡머리보다는 학교 갈 때마다 누나가 예쁘다며 쓰다듬던 '짱구 박사의 중다버지'가 좋았다. 몽구리는 중다버지의 덩덕새머리나 도가머리보다도 보기 싫었다. 중학생인 동안에는 낙발落髮한 머리털을 중다버지가 되도록 축발蓄髮할 수 없다는 사실에 더 없이 화가 났다. 아침마다 군빗질하던 얼레빗을 보고 장탄식이 절로 나왔다. 얼레빗이 말 그대로 승소僧梳가 되었으니 슬프고 서러웠다.

　내 아들이 중학생이 되던 때에 나도 울 엄마처럼 아들을 이발소에 데리고 가서 이발사에게 "빡빡머리로 깎아 달라."고 부탁했다. 좀 더 정확하게 말하자면 앞머리가 2~3센티미터 정도 되게 짧게 깎아 달라고 했다. 아들은 그 머리가 서러웠든지 역시 눈물을 흘렸다. 완전한 몽구리는 아니었지만 솔잎대강이가 된 머리를 보고 제 딴에는 많이 서러웠으리라. 그 옛날 내가 그랬던 것처럼.

　나는 이 나이 되어서도 빡빡머리는 할 수 없을 것 같다. 왠지 서러운 추억이 떠오를 것 같아서 말이다. 그때 그 이발소에서의 서러운 추억이….

중학교 입학한 후 각각 두 살 터울인 형들과 천안삼거리 영남루 앞에서 찍은 사진
맨 앞이 작가

소풍갈 때만 싸주시던 일회용 나무 도시락

그때는 겨울이면 난로 위에 양철 도시락이 겹겹이 놓여 있었다. 맨 아래에 놓여 진 도시락밥은 눌어붙기 일쑤였다. 나도 눌어붙은 도시락밥을 먹는 적이 자주 있었다. 이상하게도 그 밥이 맛이 있었다. 그래서 어떤 친구들은 일부러 도시락밥이 눌 때까지 기다렸다가 먹기도 했다. 지금 생각해도 그때의 눈 도시락밥 맛은 일품이었다. 그래도 내가 제일 좋아하는 도시락밥은 따로 있다.

나무 도시락밥이다.

국민학교 때 소풍 가는 날은 늘 김밥을 싸갔다. 얇은 일회용 나무 도시락에 엄마가 정성스레 장만해 주신 김밥은 무척이나 먹음직스러웠다. 울 엄마는 소풍 가는 날이면 늘 얇은 일회용 나무 도시락에 김밥을 싸주셨다. 아버지가 찰진 진밥을 좋아하셔서 우리 집은 늘 진밥을 했기 때문에 김밥을 할 때는 따로 흐슬부슬하게 밥을 새로 지어서 정성스레 김밥을 싸주셨다. 노란 단무지와 우리 집 닭이 아침에 낳은 신선한 달걀로 만드신 지단, 그리고 터앝에서 금방 뽑아 오신 시금치를 넣고 김밥을 싸 주셨다. 김밥에 소시지나 어묵을 넣으신 적은 없었다. 아무리 소풍날이 지만 8남매가 모두 학교를 다니고 있던 우리 집 애옥살림에 값비싼 고급 스런 식재료는 언감생심이었다.

달걀은 곡 아버지 밥상에만 오르던 후라이용으로만 사용하는 식재료 였다. 평소 때는 아버지 말고는 아무도 먹을 수 없는 음식이었다. 소풍 날에는 그 달걀로 만든 신선한 지단을 김밥을 싸실 때 꼭 넣어주셨다.

"엄마! 나 일이 소풍가는 날이야."
"그래? 깜빡하고 있었구나. 일 마치고 이따가 장에 가 봐야겠다."

나는 알고 있었다. 울 엄마는 전곡田穀을 팔아서 마련한 돈으로 속이 보일 듯한 얇은 일회용 나무 도시락을 사 오실 것이라는 사실을. 울 엄 마는 큰돈이 아니면 다른 사람에게 비라리쳐서 돈을 구해오지 않고 꼭 전곡을 팔아서 돈을 마련하셨다. 달걀 꾸러미에 열 알씩 모아 두었던 달 걀을 팔아서 마련하시는 경우도 있었지만 달걀은 꼭 장날에만 가져가서 파셨다.

장에 가실 때 울 엄마는 보상褓商이 되셨다. 이런 때를 대비해서 다락방에 따로 고이 보관하고 계시던 팥, 콩, 녹두, 수수 등의 전곡을 필요한만큼 보자기에 싸매서 광주리에 이고 장에 나가셨다. 그것들을 시장 바닥에 풀어 헤치고 온종일 쪼그리고 앉아서 파셨다. 울 엄마는 전곡을 도거리나 떨이로 파신 적이 없다. 한 푼이라도 더 받기 위해 하루 종일 그렇게 시장 모퉁이에서 나무 송판을 잘라 만든 디귿자 모양의 한 뼘 정도 높이의 낮은 의자에 쪼그리고 앉아서 일일이 맞흥정하며 파셨다. 그렇게 힘들게 환은換銀[21]한 시곗돈[22]으로 나무 도시락과 단무지를 사 오셨다.

그 나무 도시락은 반조립식으로 제작되어 있었다. 부서지지 않게 잘 조립해서 사용해야 했다. 어찌나 얇던지 마치 대팻밥으로 만든 것처럼 보였다. 실제로도 다부진 구석이 없어서 간혹 조립하다가 부서져서 못쓰게 되는 경우도 많았다. 조금이라도 잘못 들기라도 하면 부서지기 일쑤였다. 그래서 그 도시락만을 따로 보자기에 싸서 조심스레 수평으로 들고 다녀야 했다. 조심하지 않고 소풍 가방에 넣고 가면 납작이가 되곤 했다.

그래도 나는 일회용 나무 도시락이 좋았다. 일회용 나무 도시락에서는 은은한 나무 향이 나는 것 같았다. 그 향내가 좋았다.

---

21 물건을 팔아서 돈을 마련함.
22 시장에서 파는 곡식의 값으로 받는 돈.

우리 집어는 양철 도시락이 여러 개 있었다. 그래도 엄마는 소풍가는 날에는 늘 일회용 나무 도시락으로 김밥을 싸주셨다. 그래서 나는 소풍 가는 날에는 으레 일회용 나무 도시락만으로 도시락을 싸가야 하는 줄만 알았다. 엄마는 왜 노상 일회용 나무 도시락만으로 김밥을 싸주셨을까?

나에게는 철제 도시락에 싼 김밥이 여전히 '흰죽에 고춧가루'처럼 어색하다. 그 얇은 일회용 나무 도시락을 구할 수 있다면 김밥을 예쁘게 싸서 아내랑 같이 소풍 가고 싶다. 울 엄마가 싸주시던 김밥처럼 단무지와 달걀지단, 그리고 시금치만으로 만든 김밥이면 더욱 좋겠다. 그때의 납작이가 된 김밥을 추억하며 먹고 싶다. 일회용 나무 도시락에서 여전히 은은한 나무 향기가 나면 더욱 좋겠다.

2장

휘뚜루마뚜루
시골일 돕는
아이

흙에, 모래에 쏠린 손에는 손거스러미가 사라질 날이 없었다. 손등은 온갖 까끄라기에 쏠린 상처로 까슬까슬했다. 시내에 사는 친구들 손은 냇가의 조약돌처럼 반들반들하고 분결같이 보드라웠는데 내 손은 건열乾裂해서 소나무 보굿처럼 거칠게 보였다. 맨손을 호미 삼아 온갖 잡초를 참초제근하며 골걷이 하느라 손톱 밑은 백초白草 물이 들어늘 새까매져 있었다. 양잿물 비누로 아무리 씻어도 지워지지 않는, 살 속까지 파고든 검정 물이 들어 있었다.

그 손을 친구들이 볼까 봐 늘 걱정이었다. 친구들이 본다면 정말 창피할 것 같았다.

퉁방울 암소에게 먹일 쇠죽 끓이기

농촌에서는 소가 재산목록 1호였다. 우리 아버지에게도 소가 알천이었다. 쟁기질할 때도 쓰이고, 논에 써레질이나 가래질할 때도 쓰이고, 달구지 끌 때도 쓰였으니 당연히 그럴 만도 했다. 그런 소다 보니 사람보다 더 대우를 받는 경우가 많았다.

우리 집에서도 아버지가 바깥일을 보시고 들어오시면 늘 "소밥 주었느냐?"라고 자주 물으셨다. 소가 절대로 굶거나 때를 놓쳐 밥을 먹는 일이 없게 하셨다. 식구들이 밥을 굶었는지 어떤지는 관심이 없으신 듯했다. 제때에 소밥을 주지 않는 날이면 대번에 불호령이 떨어지곤 했다. 아버지는 "소도 사람처럼 대해야 한다."고 늘 말씀하셨다. 소하고 대화를 하시는 것도 자주 보았다.

"이놈아! 배고프더라도 조금만 참아라. 이놈아!"

쇠죽을 끓일 때 배고픔을 못 이겨서인지 어떤지는 모르겠으나 외양간에서 자꾸 고개를 이리저리 저으며 워낭소리를 요란하게 울릴 때 하시는 말씀이었다.

"배고프냐? 더 줄까?"

구유에 있는 여물을 다 먹고도 그 긴 혀로 연신 아버지의 소매를 핥을 때 하시는 말씀이었다.

"시원하냐?"

글겅이로 털을 고르며 빗질할 때 하시는 말씀이었다.

"나쁜 놈들, 그런 몹쓸 짓을 하다니. 인간이 인간이 아니여."

각통질을 해서 소에게 몹쓸 짓을 한다는 소장수들에 대한 얘기를 들었을 때 하시는 말씀이었다. 그렇게 아버지는 소하고도 늘 사람처럼 대화를 하셨다. 소는 경우耕牛가 아니라 식구였다.

봄부터 가을까지는 사방에 쇠꼴이 깔려있어서 언제든지 지개를 지고 가서 쇠꼴을 베어 먹일 수 있었지만 겨울이 문제였다. 갈초를 따로 준비해 둔 것이 아니어서 소가 먹을 것이라곤 오직 작두에 잘게 썬 마른 볏짚과 딱딱한 콩깍지가 대부분이었다. 때때로 특식으로 말려둔 고구마 줄기가 있었을 뿐이었다. 추운 겨울에 그렇게 거칠고 메마른 재료로 만든 여물을 찬물과 함께 그대로 재산목록 1호인 소에게 먹일 수는 없었다. 아버지는 소여물을 커다란 무쇠솥에 쌀겨, 등겨와 함께 끓여서 쇠죽을 만들어 먹이셨다.

아버지는 코를 드르렁드르렁 고시며 귀잠을 주무시다가도 매일 새벽 달구리에 일어나셨다. 전날에 작두로 썰어 놓은 여물을 무쇠 솥에 넣고 쇠죽을 끓이는 일로 하루를 시작하셨다. 전날에 아무리 약주를 많이 드시고 군드러지셨어도 마찬가지셨다.

방학 때는 내가 아버지의 그 일을 대신하는 경우가 많았다. 아버지는 늘 "솥에서 눈물이 주룩주룩 흐를 때까지 끓여라."라고 말씀하셨다. 뜨끈해질 때까지 푹 끓이라는 말씀이셨다.

나는 아궁이 앞에 손풍구를 놓고 살살 돌리면서 불이 꺼지려고 할 때마다 왕겨를 한 움큼씩 집어서 아궁이에 흩뿌리듯 던졌다. 지금이야 시골에 가면 몇 강다리씩 장작을 쌓아 놓고 불을 땔 수도 있지만 그때에는 마른 깻대, 마른 콩대, 칠월 나무(겨울에 땔감으로 쓰려고 여름에 나뭇잎이 풍성할 때 미리 잘라서 산에 말려두는 나무를 우리 동네에서는 칠월 나무라고 했다.) 그리고 왕겨 정도가 땔감의 거의 전부였다. 소삼蕭森한 산을 찾아볼 수도 없었다. 국가적으로 식림에 심혈을 기울이고 있는 때라 시시로 산감山監이 나타나서 단속을 했다. 때문에 산에서 땔감 나무를 구하기도 어려웠다. 그만큼 땔감이 부족했다. 불땀이 좋은 칠월 나무나 콩대, 깻대와 같은 마들가리는 밥을 짓는 데 사용했고 불땀이 좋지 않은 왕겨는 쇠죽을 끓이는 데 사용했다.

왕겨는 그냥 때면 염염炎炎히 타지 않고 뭉근하게 탔다. 왕겨는 쇠죽을 끓일 불땀이 되지 않아 꼭 손풍구를 사용했다. 손풍구에는 양철로 된 파이프 모양의 바람 통로가 아궁이 속 까지 연결되어 있었다. 그 바람 통로 끝 부분이 잿 속에 깊게 파묻히도록 한 후에 손풍구를 돌려야 왕겨불이 흩어지지 않았다. 때때로 불당그래를 가지고 바람 통로 끝 부분을 왕겨불로 도독하게 덮어주어야 했다. 그러면 손풍구에서 나오는 바람은 흩어지지 않고 왕겨를 금방 잉걸불처럼 알불을 만들 정도로 불땀을 강하게 했다. 근근이 꼬다케 살아 있던 불씨도 손풍구 바람을 맞으면 이내 활화산 용암이 되었다.

그렇게 손풍구를 사용해도 왕겨는 광염狂炎이 되지 않았다. 왕겨불은 만화慢火여서 야울야울 타올랐다. 장작 나무보다는 불땀이 좋지 않았다. 쇠죽을 끓이는 데는 한참이 걸렸다. 검질긴 성격이 아니면 왕겨불을 때기가 쉽지 않았다. 시간이 많이 걸려서 쇠죽 끓이는 일은 정말 싫었다. 그렇게 약약한 일이었지만 하지 않을 수 있는 일이 아니었다.

불을 때는 동안에 딱히 의자로 쓸 만한 것이 없었다. 아버지가 만드신 세모난 수수 빗자루가 있었다. 모지랑이가 된 지 오래여서 그것을 깔고 앉으면 내 조그만 엉덩이조차 차가운 맨바닥에 닿는 일도 많았다. 그래도 오래도록 쪼그리고 불을 땔 수는 없어서 그것이라도 엉덩이 밑에 깔고 앉아서 불을 땠다. 수수 빗자루는 쇠죽 끓일 때 의자로 쓰는 허드재비였지만 나에게는 '허울 좋은 하눌타리'보다 요긴한 덕용품이었다. 만화방석보다 좋았다.

쇠죽을 끓일 때면 외양간에서는 순하디 순한 눈망울을 가진 완순한 암소도 기다리기 싫다는 듯이 연신 워낭소리를 내며 고개를 좌우로 흔들어 댔다. 그 암소는 아무리 배가 고파도 '저녁 굶은 시어미 상'을 하고 밥을 달라며 보채거나 성질을 부리는 경우는 없었다. 워낭소리로 시위하듯 고작 고개를 흔들어 대는 정도가 전부였다. 그런 말 못 하는 순한 짐승이라 아버지는 절대로 암소가 굶거나 때를 놓쳐서 밥을 먹게 하는 일이 없게 하셨다.

지금쯤은 눈물을 흘리겠지 라고 생각하며 솥뚜껑 언저리를 쳐다보면 김도 새어 나오질 않았다. 김은커녕 여물 솥에 찬물을 부을 때 솥뚜껑에 떨어뜨린 물도 아직 마르지 않았다. 또 지쳐서 쳐다보면 또 그대로였다.

그러길 여러 차례. 기어이 무쇠솥이 눈물을 흘리기 시작하면 나는 아버지를 불렀다. 아버지는 소댕꼭지를 잡고는 그 무거운 소댕을 한 손으로 활짝 열어 제치셨다. 그러면 흰 김이 사랑방 부엌을 순식간에 어지럽게 뒤덮었다. 쇠죽에서 나는 특유의 구수한 냄새가 났다. 정말로 쇠죽이 아니라 사람이 먹는 음식에서 나는 듯 구수한 냄새가 났다. 아버지는 뼈들어져서 못 쓰는 낫으로 여물을 몇 번 헤친 다음에 사그랑이 같이 녹슨 구년舊年묵이 여물 주걱으로 국물을 떠서는 여물 위에 여러 번 부으셨다. 오래 끓여서 툽툽해진 국물로 아버지 나름의 토렴을 하셨다. 그런 다음 쇠죽을 바닥 국물까지 싹싹 긁어서 커다란 대야에 옮겨 담는 후 구유에 쏟아부으셨다. 쇠죽을 구유에 부을 때까지의 아버지의 모든 일이 매우 걸쌌다. 배고픈 암소 때문이었나 보다. 그렇게 왕겨불로 한 솥 끓인 여물은 깔축없는 암소의 한 끼가 되었다.

"배고팠지 이놈아. 어서 먹어라."

추운 겨울에 코에서 연신 김을 내뿜으며 맛있게 먹는 소를 바라보시는 아버지는, 미소를 머금고 만범滿帆한 돛을 바라보는 돛배의 선장처럼 흐뭇해하셨다. 쇠죽을 구유에 옮겨 담는 일을 꼭 아버지가 신친당지하시는 이유를 알 것 같았다. 아버지는 영락없는 소 바보셨다.

  그렇게 식구처럼 먹이던 소를 어느 날 장에 내다 파셨다. 아버지는 그
날 장에서 늦게 집에 돌아오셨다. 약주를 아주 많이 하신 채로.
  장에서 돌아와서는 암소를 팔기 전에 사랑방 부엌 흙벽에 미리 떼어
걸어 놓은 놋쇠로 만든 워낭을 한동안 바라보셨다. 암소의 퉁방울눈보
다도 커다란 워낭은 예전에 키우던 암소에도 달아주셨던 그 워낭이었
다. 그 모습에서 아버지가 그날 약주를 많이 하신 것도 단지 헐가방매를
했기 때문이 아니라는 것을 알았다. 워낭을 바라보시던 아버지는 자식
처럼 여기던 그 암소를 보고 계셨을 것이다. 애별哀別하는 마음으로. 그
리고 마음속으론 아마도 이런 말씀을 하셨을 것이다.

  "미안하다. 이놈아! 따뜻한 밥도 제대로 못 해주고…."

  고향집에도 이제는 소를 키우지 않는다. 이사하면서 집도 양옥으로
새로 지어서 쇠죽을 끓이던 무쇠솥도 어디론가 사라졌다. 한동안 보관
했던 마지막 암소에 달려 달랑거리던 워낭도 언제부턴가 보이질 않는
다. 암소와의 유년의 추억도 모두 잊혀져가고 있다.
  집안 외양간에 매여 있던 퉁방울 암소가 보고 싶다.
  그 암소를 그토록 아끼시던 아버지가 보고 싶다.

그 암소 바보 아버지가 보고 싶다.

이 나이가 되니 더욱 보고 싶다.

뙤약볕에 8남매가 고추 심던 일요일

엄마가 말씀하셨다.

"내일 고추 심는 날이다."

나는 실뚱머룩해서 되묻듯 고추 먹은 소리로 대답했다.

"네? 내일이요?"

고추 심는 일은 여러 사람이 손발을 맞춰가며 분업分業을 해야 하는 일이었다. 그래야 고추 심는 일을 겨우 엉굴 수 있었다. 호락질로 농사를 짓는 우리 집에서는 8남매가 총출동할 수 있는 일요일이 아니면 고추를 심을 수가 없었다. 그래서 꼭 일요일 날을 고추 심는 날로 정했다.
나는 고추 심는 일요일 날이 정말 싫었다.

그날도 일요일 아침 새벽부터 고추를 심기 시작했다. 여름에는 해가 뜨면 금방 날이 더워져서 일하기 어려웠다. 그래서 해뜨기 전 새벽부터 일을 해야 했다. 아버지는 평명보다도 훨씬 일찍, 그러니까 아주 희붐한 꼭두새벽에 계신이 있자마자 창고에서 농기구를 챙겨서 지게에 짊어지고 나가셨다. 외양간에 있는 아버지의 재산목록 1호인 암소와 같이 밭에 나가셨다. 엄마는 짚으로 만든 낡은 똬리를 머리 위에 얹고, 그 위에 고추 모를 가득 담은 커다란 붉은색 고무 대야를 이고 밭에 나가셨다. 그 모습이 꼭 모름한 자반고등어와 굴비가 든 광주리를 머리에 이고 행상하며 가끔씩 우리 집에 들르던 광주리장수 같았다.

　밭이랑에 적당한 간격으로 구멍을 내는 일, 그 구멍에 고추 모를 내려놓는 일, 흙을 돋아 바르게 심는 일, 물을 주는 일, 가까운 논에서 물을 길어 오는 일, 심은 고추모 옆에 나무 말뚝을 박고 말뚝 간에 줄을 연결해서 거친 바람에도 고추나무가 쓰러지지 않게 하는 일이 필요했다. 어느 하나 여줄가리가 없었고 시적거릴 수 있는 일도 없었다. 우리 식구들은 그 일들을 누가 지휘할 것도 없이 서로 알아서 각자가 해야 할 일들을 노느매기해서 척척 손발을 맞춰 가며 잘 해냈다. 매년 해오던 일이어서 그리할 수 있었다. 아무리 힘들어도 시시부지로 일을 하지 않았다. 고추가 얼마나 중요한 작물인지는 어린 나도 잘 알고 있을 정도여서 더욱 그랬다.

아무런 그늘도 없는 염열炎熱 속에서 하는 일이라 웃통을 벗어재끼는 일밖에 따로 더위를 피할 방법이 없었다. 처음에는 줄통뽑으며 버티고자 했지만 잠시뿐이었다. 덕분에 온몸이 뙤약볕에 그을리어 갔고 마를 새 없는 땀은 계속 바지춤으로 쉴 새 없이 흘러내렸다. 땀방울이 눈 안으로 자꾸 들어와서 눈을 맵게 했다. 가끔씩 스쳐 지나가는 바람에 이는 마른 흙먼지가 눈을 더욱 맵게 했다. 손은 흙투성이여서 어쩔 수 없이 맨팔을 수건 삼아 눈을 근근이 비벼 닦아 가며 임리淋漓하는 땀방울과 사투를 벌였다. 정말로 시원한 물에 풍덩 뛰어들고 싶었다.

저 멀리서 동네 친구들이 웃통을 벗어 던진 채 휘뚤휘뚤한 좁은 밭길을 따라 줄을 지어 저수지로 걸어가고 있었다. 초여름 척서滌暑를 하기 위해 멱 감으러 가는 중이었다.

"엄마! 너무 더운데 저수지에서 멱 감고 와서 하면 안 돼?"

당연히 아니 되었다. 고추는 오늘 다 심어야 될 일이었다. "오줌 누는 새에 10리 간다."고 고추 심는 일을 잠시도 멈추기 어려웠다. 누구 하나 빠지면 손발을 맞춰 일을 할 수도 없었다. 그만큼 일이 응체凝滯될 수밖에 없었다. 더구나 고추 심는 일은 일단 시작했으면 그날에 모두 끝막음을 해야지 중동무이할 수도 없는 일이었다. 그런데도 엄마가 어떤 대답을 하실 줄 뻔히 알면서도, 저수지로 가는 친구들을 보고 같이 멱 감고 싶은 생각에 흥뚱항뚱해서 엄마한테 씨우적씨우적 짜증 내며 물어 본 것이다.

"일 다 끝나면 가서 멱 감아라."

그렇게 노그라진 몸으로 고추 심는 일은 계속되었다. 저수지로 멱 감으러 갔던 친구들도 돌아가고, 해도 뉘엿뉘엿 질 무렵이 되어서야 겨우 고추 심는 일을 끝맺을 수 있었다. 그러니 일요일은 싫었다. 그것도 한여름 고추 심는 날인 일요일은 더욱 싫었다.

낚시하는 저수지 옆 고추밭에 붉은 고추가 눈부시다. 아니, 기름지다. 일요일에 이런 고추를 내 밭에 내가 심을 수만 있다면 참 좋겠다.

나는 밭이 없다. 아들에게 "내일 고추 심는 날이다."라고 말할 수 있는 날이 왔으면 좋겠다. 그날이 오면 아들은 싫어할까?

"아버지, 일꾼 사서 하세요!"라고 말할 것이 분명하다.

아침부터 청람晴嵐이 이글거리던 그 더위 속에서 온 식구가 함께 고추 심던 때가 그리워진다.

참외 서리 감시하던 원두막

얄궂하게 지어진 봉충다리 원두막의 휘어진 사다리에 멋지게 한쪽 발을 걸치고 찍은 흑백사진 한 장을 사진첩에서 발견했다. 그 원두막이었다.

그날은 학교에서 돌아와 보니 집에 아무도 없었다. 가방을 대청마루에 집어 던지듯 내려놓고 밭에 가보았다. 아버지가 밭 구석 제일 높은 곳에 원두막을 짓고 계셨다. 소방서의 망루처럼 참외밭을 한눈에 내려다보며 서리를 감시할 수 있는 원두막을 짓고 계셨다. 곡괭이로 돌을 깨시고 삽으로 퍼내시며 네 군데 아주 깊은 구덩이를 만들고, 작년에 원두막 지을 때 썼던 삐뚤삐뚤한 나무 기둥을 다시 세우고 계셨다. 작년에 지은 원두막이 완전히 도궤倒潰하지는 않았지만 주저리 모양의 원두막 지붕이 지난겨울의 눈바람을 이기지 못하고 불폐풍우의 풍창파벽이 되었다. 그래서 고치느니 완전히 부수고 새로 짓는 편이 나았다.

그렇게 원두막은 당년치기였다. 여름만 나면 되었다. 그러니 결묵結墨

도 필요 없었고 눈대중으로만 지었다.

　"같이 산에 가자!"

　우리 집은 필요한 나무를 언제든 구할 수 있는 산이 있었다. 할아버지
께서 아주 오래전에 몇 십 원쯤 주고 구입하신 거란다. 아버지는 잎이
푸르고 다옥한 오리나무 가지를 칠월 나무(겨울에 땔감으로 쓰려고 여름에 나뭇
잎이 풍성할 때 미리 잘라서 산에 말려두는 나무를 우리 동네에서는 칠월 나무라고 했다.) 하실
때 화라지 자르듯, 무쇠로 만든 튼실한 낫으로 툭툭 쳐가며 가지를 자르
셨다. 그런 다음 지게 높이보다 훨씬 높게 다발을 만들고 지게에 짊어지
셨다.

　"원두막에 깔려면 길쭉하고 가지가 많은 오리나무가 아주 제격이다."

　아버지는 산에서 가져온 오리나무 가지를 이쪽 방향으로 몇 개 저쪽
방향으로 몇 개씩 겯지르기를 하며 어뜩비뜩하게 나뭇가지를 깔고 원두
막 바닥을 만드셨다. 그리고 그 위에 꺼펑이로 멍석을 까셨다. 쑥대머리
처럼 기세등등하게 부풀었던 나뭇가지 부룻이 멍석의 기세에 주눅이 들
어 맥없이 납작해졌다. 간종그리지 않아서 얼기설기 거칠고 잡박하게
누여있어 귀살쩍던 나뭇가지도 사라지고 금세 깨끔한 방처럼 되었다.

막 나래질을 끝낸 논바닥처럼 반반해졌다. 내가 이쪽저쪽으로 마음대로 구를 수 있을 정도로 슬거운 방이 되었다. 멍석으로 매조지를 한 바닥이 언틀먼틀했지만 오리나무 가지의 탄력 탓인지 기분 좋게 푹신했다. 덜 컥마루보다 훨씬 좋았다.

짚으로 성기게 엮은 원두막 창을 굵은 나뭇가지로 만든 지지대로 힘껏 밀어서 열어 제쳤다.

하나씩 하나씩 네 개의 원두막 창을 모두 열어젖혔다. 참외밭이 일망지하에 내려다보였다. 사방에서 삽연히 부는 바람이 싱그러웠다. 이마의 땀방울이 금방 말랐다. 상연해졌다. 간박簡朴하고 깔밋한 원두막은 고루거각보다 좋았다. 나에게 원두막은 서리를 감시하는 것보다는 여름 내내 소하를 위한 장소로 사용되었다.

엄마가 못생긴 참외 몇 개를 양손에 담쏙 들고는 엇비뚜름한 사다리에 손을 짚지도 않은 채 원두막 안으로 올라오셨다.

"오늘 원두막 잘 지었네! 이거 먹어라 참외는 봉투라지(생김새는 원뿔 모양의 팽이처럼 생겼고 몸통은 다 익었는데 꽁지 쪽은 똘기처럼 푸른빛이 남아 있는, 다 크지 못하고 작게 익은 참외를 우리 엄마는 그렇게 불렀다.)가 제일 맛있어!"

아직 원두막에 과일칼이 준비되어 있지 않아서 엄마는 원두막 나무 기둥에 봉투라지 참외를 몇 번 부딪쳐서 깨뜨리고는 반쪽을 내게 건네 주셨다. 껍질째 먹는 봉투라지 참외 맛이 정말 좋았다. 벌레 먹어 떨어진 도사리 홍시보다도 더 맛있었다. 엄마가 머드러기를 시장에 내다 팔기 위해서 일부러 작고 못생긴 참외를 맛있는 참외라고 거짓말하시는 줄 알았다.

그런데 그게 아니었다. 그때부터 봉투라지 참외는 내 침혹沈惑의 대상이 되었다. 갈매기가 덕장의 물고기를 노리듯 난 참외밭의 봉투라지 참외를 노렸다. 봉투라지 참외는 '고양이 앞에 고기반찬'이 되어 모두 내 차지였다.

재래시장이나 마트에 가도 그 봉투라지 참외를 찾아볼 수가 없다. 대짜배기를 좋아하는 도시 사람들은 봉투라지 참외를 허섭스레기쯤으로 생각하거나 무녀리 참외로 생각할 수도 있을 것이니, 시장에 내놓아도 사람들이 사 가지 않을 것이기 때문이리라.

아내가 참외를 쟁반에 담아 과일칼과 함께 내놓는다. 역시 봉투라지 참외가 아니다. 갑자기 엄마가 하셨던 것처럼 참외를 깨뜨려서 껍질째 먹어보고 싶어진다. 원두막 위에서 그렇게 먹었던 것처럼….

시장에는 내허외식의 머드러기 참외만 있으니 앞으로도 봉투라지 참외를 볼 수 없을 것 같다. 아무리 때깔 좋게 농란한 머드러기 참외라도 나에게는 '장사 웃덮기'나 전내기처럼 허울만 좋아 보인다. 본숭만숭한다. 시장에 봉투라지 참외는 없으니 굴퉁이인 머드러기 참외 대신에 늘 중쑬쑬한 참외를 산다. 중쑬쑬한 참외는 얼추 봉투라지 참외 맛을 낸다. 그래도 봉트라지 참외 맛을 따라갈 수는 없다.

　언젠간 만날 수 있으려나?

　봉투라지 참외가 더욱 그리워진다.

　무녀리 참외가 그리워진다.

　내년에는 삼랑진에서 농사를 짓고 사는 친구에게 참외 모종을 몇 개 사다 주고 심어보라고 해야겠다. 봉투라지 참외가 열리면 반반 나누자는 말은 꼭 해두고서 말이다.

난 절대로 농사 안 짓는다

친구가 주말에 놀러 오란다. 김해에서 학원을 하다가 "이제 삼랑진 산골에 들어가서 농사지으며 살겠노라."며 혼자 농막 겸 집을 짓고 살고 있는 친구다. 그렇다고 산속에 꼭꼭 숨어 사는 계우溪友는 아니다.

나는 아주 어릴 적부터 부모님을 따라 논밭에 나가서 농사일을 했다. 바지를 무릎 위 허벅지까지 걷어 올리고 진흙 물속에서 모내기를 했다. 여름 내내 땡볕을 맞으며 콩밭에서 맨손으로 잡초를 뽑았다. 너나 할 것 없이 호락질로 농사를 짓던 그땐 정말 고사리손이라도 도와야 살아갈 수 있었다. 쇠년衰年의 할아버지도 채 열 살이 안 된 나도 모두 함께 논밭일을 했다. 일비지력도 모두 보태야 했다. 적우침주이니 아이조차도 유수도식할 수 있는 상황이 아니었다. 아이가 유불여무인 경우는 없었다. 아이에겐 약마복중이었지만 얼추 어른 몫을 해냈다. 아니 어른 몫을 해내야 했다. 아이 깜냥껏 일해서는 농사일을 해낼 수가 없어서 그랬다.

얼추 어른 깜냥껏 일해야 겨우 농사일을 꾸려나갈 수 있어서 그럴 수밖에 없었다. 엄부럭을 떨며 쉬고 싶어도 그럴 수가 없었다. 그게 농촌살이 아이의 모습이었다.

배동이 선 벼를 바라보실 때의 아버지의 모습을 빼고는 농사일을 하시는 동안에 아버지가 웃으시는 모습을 본 적이 거의 없다. 농사일은 안거낙업하는 일이 아니어서 아버지가 웃으시는 모습을 보지 못한 것 같다. "외모는 거울로 보고 마음은 술로 본다."고 아버지는 약주를 드시면 늘 "농사꾼이 제일 불쌍하지."라고 혼잣말로 속내를 드러내셨다. 허희탄식하셨다. 승취乘醉[23]하지 않고는 그런 속내를 드러내지 않으셨다.

아무리 숙흥야매로 조효早曉부터 열심히 농사일을 해도 해야 할 일들이 층생첩출하는 농사일은 한도 끝도 없었다. 더구나 우리 집 농사에 더해 배메기농사[24]까지 지어도 잘 살기는커녕 겨우 비하정사만 해결되는 호구지책이었으니 그리 생각하시는 것 같았다.

농사로는 조반석죽을 벗어나기 어려웠다. 신곡新穀 머리[25]까지 기다릴 수 없어서 풋바심을 한 덜 익은 곡식이나 연비연비 알게 된 다른 동네

---

23 술에 취한 기회를 탐.
24 지주가 소작인에게 소작료를 수확량의 절반으로 매기는 농사.
25 햇곡식이 날 무렵.

부잣집에서 빌린 식곡息穀으로 근근이 끼니를 때우는 경우도 있었다. 농사일은 안비막개 일인 데다 식소사번 일이었다. 그러니 아무리 불면불휴로 일을 해도 질번질번하게 살아가기 어려웠다. 조의조식 하며 천한 백옥으로 살아가야 했다. 농사꾼의 사전엔 어변성룡이 없었다.

 "사람은 피곤하게 태어났으니 쉬기 위해 산다."는 유럽의 속담은 농사꾼에게는 언감생심이었다. 논밭 일을 하느라 매일매일 적패積敗한 몸으로 집에 돌아와야 했다. 양어깨가 습설을 맞은 소나무처럼 축 처져서 돌아와야 했다. 그렇게 주럽들어도 마음 편히 주럽 떨 시간이 없었다. 매일같이 찌뿌드드한 몸을 이끌고 달구리에 다시 들에 나가야 했다. 농사일로 백해구통이어도 그리 해야 했다. 청우晴雨를 가리지 않고 일을 해야 했다. 농사일은 매일매일 그렇게 '코에서 단내나게' 일 할 수밖에 없는 각다분한 일이었다. 신외무물이어도 건강조차 돌볼 시간이 없이 해야 하는 일이 농사일이었다.

 쉬기 위해 사는 것이 아니라 마지못해 산다는 말이 옳을 수도 있었다. 더구나 그렇게 노작勞作을 하고도 아무런 수확도 없이 노이무공인 경우도 잦았다. 흙이 아무리 정직해도 하늘이 농사꾼을 속이는 경우가 많았다. 폐농廢農이 드문 일이 아니었다. 농사는 성사재천이어서 그랬다.
 그래서 아버지가 도시 생활을 부러워하셨는지 모르겠다.

"농사꾼이 제일 불쌍하지."라고 허희탄식하셨는지 모르겠다.

흙에, 모래에 쓸린 손에는 손거스러미가 사라질 날이 없었다. 손등은
온갖 까끄라기에 쓸린 상처로 까슬까슬했다. 시내에 사는 친구들 손은
냇가의 조약돌처럼 반들반들하고 분결같이 보드라웠는데 내 손은 건열
乾裂해서 소나무 보굿처럼 거칠게 보였다. 맨손을 호미 삼아 온갖 잡초
를 참초제근하며 골걷이 하느라 손톱 밑은 백초白草 물이 들어 늘 새까매
져 있었다. 양잿물 비누로 아무리 씻어도 지워지지 않는, 살 속까지 파
고든 검정 물이 들어 있었다.

그 손을 친구들이 볼까 봐 늘 걱정이었다. 친구들이 본다면 정말 창피
할 것 같았다.

방학이라고 해서, 공휴일이라고 해서, 집에서 놀 수 있는 경우는 거의
없었다. 농촌 살이 아이는 지어농조였다. 농사의 질곡桎梏에서 벗어날
수 없었다.

나도 그랬다.

방학에, 공휴일에 무엇을 할지에 대해서 아무런 계획도 세울 수가 없
었다. 그냥 대기하다가 주인이 시키는 대로 강종强從해서 일을 하는 일
꾼 같았다. 아버지는 마두출령으로 아무 때나 일을 시키셨다. 언제 일을
시키실지 몰랐다. 시키시는 대로 하지 않았다가는 불호령이 떨어졌다.

진복震服할 수밖에 없었다.

　"일 다 하고 죽은 무덤 없다."고 했는데 농사일은 정말 한도 끝도 없었다. 절에서 허드렛일을 하는 불목하니도 나만큼 많은 일을 하지는 않을 것 같았다. 시내에 사는 친구가 방학 때 우리 집에 놀러 온다고 할 때에는 가탁假託해서 "오지 말라."고 했다. 창피해서 농사일을 한다고 말할 수가 없었다.
　나는 어른이 되어서는 절대로 농사를 짓지 않을 것이라고 생각했다.

　"여기에 콩도 조금 심고 저기에는 가지도 조금 심으면 좋겠다."

　나는 어느새 내가 농사짓는 것도 아닌데 뭇방치기하듯 친구에게 훈수를 두고 있었다.

　"나도 너처럼 농사지을 수 있는 이런 밭이 조금이라도 있으면 좋겠다."

　"아서라 괜히 생고생할 생각 마라."

　친구야, 난 정말이란다.
　염천炎天에 웃통을 벗고 일을 해도 좋을 듯싶다.

맨손으로 잡초를 뽑아도 좋을 듯싶다.

그래서 손거스러미가 생겨도 괜찮을 듯싶다.

난 이제 흙이 좋다. 촌전척토도 과분하니 고추 한 포기 심을 수 있는 찰토撮土라도 좋겠다. 토리土理도 따지지 않겠다. 고토膏土는 과분하니 진황지도 푸서리도 좋다. 아무리 토박土薄해도, 아무리 가풀막진 곳에 있어도 그저 농사지을 흙이 있으면 좋겠다. 난 어떤 흙도 경간하겠다. 난 벽토척지든 무텅이든 자신 있으니까. 이래 봬도 농사에 있어서는 경난꾼인 곡인穀人 출신이니까.

친구야, 이제 난 절대로 농사를 짓고 싶다. 전객佃客[26]은 싫다. 내 흙에 농사짓는, 세상에서 제일 불쌍한 가작家作[27]하는 농사꾼이 되고 싶다. 그게 내 현념懸念 하던 중정中情이다.

---

26 지주의 땅을 빌려서 농사를 지은 후에 소작료를 내던 농민.
27 자기 땅에서 자기가 직접 농사를 지음.

느티나무 전설을 빼앗아간 '새마을 운동'

새벽마다 '새마을 노래'가 쩌렁쩌렁하게 온 동네에 울려 퍼졌다.

"새벽종이 울렸네. 새 아침이 밝았네. 너도나도 일어나 새마을을 가꾸세."

하루도 거르는 날이 없다시피 했다. 아침에 늦잠을 자고 싶어도 잘 수가 없었다. 그때 당시에는 박정희 대통령이 '새마을 운동'을 시작해서 온 나라가 공사판이 될 정도였다. 마을 길을 넓히고, 시멘트 포장도 하고, 초가집을 함석지붕이나 슬레이트 지붕으로 개량하고, 동네 성황당은 미신을 섬긴다며 폐쇄하고, 동네에서 수백 년을 함께한 당산堂山나무는 성가시다는 이유만으로 베어버리고.

그렇게 온 나라, 특히 온 시골 마을이 파천황적인 전고미증유의 일들을 했다.

그 많은 일들을 하려니 많은 일손이 필요했다. 어쩔 수 없이 집집마다 한 사람씩은 동원이 되는 경우가 많았다. 어른을 대신해서 아이를 대립代立[28]해도 상관이 없었다. 손대기를 대립해도 되었다. 한집에서 한 사람이면 되었다. '새마을 운동'은 어른 아이 할 것 없이 개로皆勞할 수밖에 없었던 운동이었다.

우리 집에는 3형제가 있었다. 아버지가 농사일로 바쁜 경우에는 3형제 중에 누군가는 동원이 되어야 했다. 그렇게 동원되는 일이 정말 싫었다. 새벽에 나가야 했기 때문에 늦잠을 잘 수 없어서 더욱 그랬다.

나는 막내였다. 형들이 시켜서 그랬는지 아니면 내가 자발적으로 형들을 대신해서 그랬는지는 잘 기억이 나지 않는다. 아무튼 나는 형들보다 막내인 내가 많이 동원되었다. 때론 빗자루를 들고, 때론 낫을 들고, 때론 내 키보다 더 큰 삽을 들고 나가서 어른들이 시키는 일을 해야 했다. 나는 어린 나이였지만 나보다 어린 치발부장 아이들도 오달지게 일을 했다.

그것을 당시에는 부역賦役이라고 했다. 부역을 나가면 이장님이 꼭 출석 체크를 했다. 어느 집에서 누가 안 나왔고 어느 집에서 누가 나왔는지를 체크하는 것을 보고 나는 동네 어른들이나 형들이 어느 집에 살고,

---

28 자신이 해야 할 공역公役을 하지 못할 경우에 다른 사람을 대신 보냄.

이름이 무엇인지를 모두 알 수 있을 정도가 되었다. 그만큼 내가 어린 나이에도 불구하고 부역을 많이 했다.

　그 부역은 꼭 '새마을 운동'을 하는 데에만 한 것은 아니었다. 하루는 대통령이 지나가기로 되어 있다면서 신작로 옆과 주변 산속의 우부룩한 잡풀을 베고 나뭇가지를 치는 등의 일도 했다. 말 그대로 도가導駕를 해서 '도가 적간 지나간 듯하게' 시원스레 신작로와 주변을 정리했다. 그때 당시에는 무장 공비들도 가끔씩 등장하던 시기여서 대통령 경호 문제로 그렇게 했다.

　지금은 시골 어디를 가든지 간에 마음대로 자동차가 들어갈 수 있도록 길이 잘 정비되어 있는 것을 볼 수가 있다. 아마도 그때 당시에 동네 사람들이 부역으로 동네 길을 정비했기 때문일 것이라는 생각이 든다. 다만 세거지지의 시골 동네마다 수백 년 동안 마을을 지키며 장자풍도를 지닌 채로 우뚝 서 있던 느티나무들이 대부분 베어진 것 같아 몹시 안타까운 생각이 든다.
　동네를 굽어보며 동네 사람들의 숨소리까지 기억하고 있던 느티나무들이다.
　동네 사람들의 하소연을 들어주고 유몽幼蒙들의 깔깔거리는 웃음소리에 흐뭇해하던 느티나무들이다.

동네 사람들의 모든 희로애락의 서사를 빠짐없이 기록하여 수백 개의 나이테에 고이 비닉秘匿하고 있던 느티나무들이다.

한여름에 그늘과 싱그러운 바람을 능준히 내어주던 느티나무들이다.

이젠 시골 어느 동네를 가든 그런 느티나무는 여간해서는 볼 수 없게 되었다. 도로를 포장하면서 느티나무의 역사와 그에 얽힌 전설도 흙 속에 함께 포장되어 묻혀졌다. 융흥隆興했던 '새마을 운동'과 부역으로 내 유년과 함께한 애먼 느티나무가 재앙을 입고 그렇게 사라졌다. 노인들의 기억 속에만 잔상처럼 희미하게 남아 있던 느티나무와의 수많은 사연들마저도 월흔月痕처럼 이내 사라질 것이다. 애상이 치밀어 오른다.

시골은 이제 낮에 뜬 희미한 달처럼 제 빛깔과 멋과 맛을 잃어 어색하다. 그때 당시의 부역이 일조했을 것이라는 생각이 든다. 세소고연이었다고는 해도 나도 부역에 동원되었던 사람으로서 마음이 많이 아리다.

느티나무 그늘에서 깔깔대던 가동街童들의 웃음소리가 그립다.

느티나무 노목이 수백 년 동안 노박이로 우뚝 서 있는 태고연한 시골 마을의 풍경이 그립다.

학교 갔다 오면 꼭 하던 소 풀 뜯기기

"학교에 갔다 오면 소 데리고 나가서 풀 뜯기고 오너라."

아버지는 소를 제일 소중하게 여기셨다. 들일을 하시느라 바쁘셨던 아버지는 그 소에게 풀을 뜯게 할 시간이 절대적으로 부족했다. 나에게 소 풀 뜯기기를 시키시는 경우가 많았다.

나는 소가 무서웠다. 언젠가 외양간에 있는 소에게 다가가서 머리를 쓰다듬으려 할 때 갑자기 두 뿔로 내 허리 쪽을 들이받아서 나는 죽는 줄 알았다. 평소에 뜸베질을 하지 않는 소여서 방심했다가 무방비로 받혔다. 우걱뿔이소여서 다행이었다. 고추뿔이소였으면 정말로 죽을 수도 있었다고 생각했다. 그 일이 있고부터는 소를 가까이하기가 정말 무서웠다.

그런데도 아버지는 학교 갔다 오면 소 풀 뜯기기를 시키셨다. 아버지는 내가 소에 받친 줄은 모르고 계셨다. 내가 말을 안 했으니까.

소의 코뚜레에 연결된 줄은 아주 길었다. 그 줄에서는 꾸드러진 마른 쇠똥 딱지가 덕지덕지 검적검적 더께가 되어 묻어 있었다. 쇠똥 냄새와 쇠오줌 냄새가 진동을 했다. 외양간에 줄을 길게 해서 소를 매어 놓았기 때문에 소가 움직일 때마다 시시時時로 줄에 쇠똥과 쇠지랑물이 묻을 수밖에 없었다. 그 냄새 나는 줄을 잡고 소 풀 뜯기기를 해야 했다. 그래도 참을 수 있었다. 외양간에서 쇠똥을 치울 때 나오는 이보다 더한 천연한 냄새도 참아봤으니까 그랬다.

나는 소가 무서워서 소의 줄을 길게 잡고 소가 가는 대로 조심조심 따라다닐 수밖에 없었다. 그래도 너른 풀밭에서는 꽉 잡고 있던 줄을 놓고 팔베개하고 누워 푸른 하늘의 뭉게구름을 바라보며 잠시 잠시 쉴 수도 있었다. 워낭소리로 소의 움직임을 알 수 있어서 필요하면 언제든 달려가서 줄을 잡으면 되었다.

꾀꾀로 소가 이웃집 밭에 들어가서 열무며 콩잎을 뜯어 먹기도 했다. 밭 가장자리에 잔가지 나무로 성기게 엮어서 세운 굽바자가 있었지만 소에게는 소용없는 경계 표시였다. 소가 이웃집 밭에 들어가려고 할 때에는 잡고 있는 줄을 힘껏 당겨야 했지만, 버티는 소를 화나게 하면 나를 또다시 들이받을지도 모른다는 생각에 그리하지 못했다. 그런 소 때문에 밭 주인이 아버지에게 화를 많이 내는 것도 보았지만 아버지는 나에게는 화를 내지 않으셨다.

  배부른 소를 데리고 집에 오는 일도 만만치 않았다. 배부른 소는 집에 빨리 가고 싶은지 걸음이 빨랐다. 내가 소를 쫓아가기 힘들었다.

  하루는 그렇게 빨리 집에 가려는 소의 줄을 놓치고 말았다. 내 힘으로는 소를 멈추게 할 수가 없었다. 소가 엉뚱한 곳으로 도망갈 것이라고 생각해서 두수없이 달음질치는 소를 따라 달렸다. 그런데 소가 다른 곳을 가는 것이 아니고 곧바로 우리 집 외양간으로 찾아 들어갔다. 성시의 외였다. 소도 제 집을 알고 알아서 찾아간다는 것을 처음 알았다. 그 뒤로 나는 집에 데리고 올 때에 가끔씩 일부러 소의 줄을 놓아주곤 했다. 소가 알아서 집에 간다는 사실을 확실히 번연개오했으니 걱정하지 않았다. 역시 소는 알아서 집에 잘 찾아들어 갔다.

  소 풀 뜯기게 할 곳이 마땅치 않으면 지게를 지고 가서 소꼴을 베어다 먹였다. 나는 열 살 무렵부터 지게를 지기 시작했다. 소꼴을 지는 것쯤은 일도 아니었다. 지금 그 말을 하면 아무도 믿으려 하지 않겠지만 그 시절에는 나뿐만 아니라 내남없이 많은 아이들이 지게 지는 일을 일찍 배웠다. 그렇다고 '양반이 지게 진 듯'하거나 반거충이처럼 서툴게 지지도 않았다. 따로 어른들의 건잠머리가 있는 것도 아니었다. 일부러 습숙

習熟 하려고 노력하지 않고도 그냥 시골에서 누군가가 옆에서 지게 지고 일하는 모습을 보면서 고마문령하고 이문목견하며 자연스럽게 지게 지는 일에 관숙慣熟했다.

시골에서 여러 일을 섭력涉歷하고 많은 일에 대끼며 나는 그렇게 올되게 컸다. 가대기와 달구질, 교군꾼과 상여꾼을 빼고는 채초採草, 채초採樵, 태질은 물론이고 다른 많은 일들을 그렇게 익혔고 개립介立할 수 있었다. 심지어 똥장군29도 지게에 지어봤다. 그렇게 겸달兼達하고 잡힐손도 있어서 웬만한 일들은 백전노졸처럼 휘뚜루마뚜루 다 해낼 수가 있었다.

"조막손이 달걀 도둑질한다."든가 "미치광이 풋나물 캐듯 한다."는 소리를 들어본 적도 없었다.

아무리 농사일이 바쁜 시절이었어도 나는 내 아이에게 소 풀 뜯기기를 시키지는 못했을 것이다. 지금 생각해 보아도 소는 온순하지만 언제 성질을 부리며 달려들지 모르는 뿔 달린 매우 위험한 동물이다. 그런 소 곁에서 내 아이에게 위험을 무릅쓰라고 하는 일은 절대로 하지 못할 것이다.

그때 우리 아버지는 지금 내가 생각하고 있는 것과 다른 생각을 하고

---

29 똥오줌을 담는 용기.

계셨을까?

아니면 위험하다는 것을 알면서도 어쩔 수 없이 그리하셨을까?

아버지가 살아계셨다면 꼭 여쭤보고 싶다.

"자식 사랑하지 않는 부모가 어디 있더냐. 이놈아! 그땐 다 그렇게 살 수밖에 없어서 그랬다. 이놈아!"

꿈속에서라도 여쭤보면 아버지는 그렇게 대답하실 것 같다.

여쭤보지 않아도 사실은 나도 알고 있다.

서리 맞은 고추 따는 엄마

아내는 아내의 친구가 가져온 고춧가루 두어 근을 샀다. 시골 친구 부모님이 농사지은 거라서 믿을 수 있는 좋은 태양초란다.

울 엄마가 따시던 고추가 생각났다.

나는 엄마 따라다니며 고추를 따는 일이 많았다. 한 손으로는 부족해서 늘 양손으로 고추를 땄다. 무성한 고춧잎 속에 감추고 있는 붉은 고추를 이리저리 양손으로 헤치며 찾아 따면 금방 비료 포대 한 가득이 되었다. 양손으로 '미치광이 풋나물 캐듯' 거칠게 따다 보니 간혹 반불겅이를 따는 경우도 있었다. 고추가 포대에 반쯤 담기기 시작하면 혼자 들어 옮기기 어려울 정도로 무거웠다. 엄마는 늘 멀찌감치 앞서서 고추를 따고 계셨다. 그래서 엄마더러 옮겨 달라고 할 수도 없었다. 억지로 포대를 질질 끌어 옮겨 가며 그렇게 고추를 땄다. 허리도 너무 아팠다. 아픈 허리를 펴려고 자주 굼닐면서 고추를 따야 했다.

엄마는 몇 포대는 말리지 않은 채로 장에 내다 파셨고 또 몇 포대는 며칠 동안 멍석에 말려서 파셨다.

여러 차례 비설거지를 하며 말렸다. 그게 바로 태양초다.

그날도 학교 갔다 오니 엄마가 집에 안 계셨다. 밭에서 서리 맞은 고추를 따고 계셨다. 좋은 고추는 서리가 오기 전에 이미 다 따서 팔았다. 그러니 엄마가 손에 들고 따고 계신 고춧대에는 익지 않은 푸른 고추들과 벌레 먹은 지스러기 고추들만 정성드뭇이 힘겹게 달려 있었다. 그것도 고춧대에서 이미 하얗게 말라 있어 파슬파슬하거나 서리를 맞아 볼품없이 소들소들하고 쭈글쭈글한 고추들이었다. 울 엄마는 그런 고추를 상야霜野에서 홀로 삭연素然히 따고 계셨다. 잎도 거의 다 떨어진 졸가리 고춧대를 들고서 따고 계셨다. 늦가을 비거스렁이로 초겨울처럼 소삽蕭颯한 바람이 엄마 볼을 따갑게 때리는 그런 팔풍받이에 앉으셔서 울 엄마는 서리 맞은 소들소들하고 쭈글쭈글한 고추를 따고 계셨다. 소들소들해진 고추는 추숙追熟이 되지 않아 금방 썩어버린다는 것을 알면서도 그러셨다.

"엄마! 집에 가자! 추워 죽겠다. 이런 고추를 왜 따려고 그래."

"조금만 더 따고 가자. 이게 하나하나 다 돈이다."

그렇게 울 엄마는 사방이 어스레해질 때까지 찬바람 머리에 고추를 따셨다.

그게 울 엄마셨다.

8남매를 키우셔야 했으니까!

서리 맞은 고추라도 하나하나가 다 소중했으니까!

아내가 사 온 고춧가루 봉지를 열어 보았다. 신문지로 여러 겹 싸맨 것이 꼭 고향에 계신 울 엄마가 나에게 보내주실 때 그러셨던 것과 같았다. 고추씨를 빼내고 고추 껍질로만 방아를 찧은 게 분명했다. 반들반들하고 윤기 나는 모습이 분명 태양초 고춧가루가 맞았다. 굳이 품정을 한다면 최고 등급의 고춧가루였다.

아내의 친구 엄마도 울 엄마처럼 고추를 정성스레 키우고 말렸을 것이다. "터주에 놓고 조왕에 놓고 나면 아무것도 없다."고 했는데도 아내의 친구 엄마는 울 엄마처럼 팔고 남은 몇 근 안 되는 고춧가루조차 출가한 자식들에게 아낌없이 사랑으로 나누어 주셨을 것이다.

한 근은 어렵게 살고 있는 처남댁에 가져다주기로 하고 나머지는 아껴 먹기로 했다. 그 고춧가루로 한 음식을 먹을 때마다 울 엄마가 생각날 것이다. 팔풍받이에서 어슬어슬 어두워지는 것도 모르고 서리 맞은 고추를 따시던 울 엄마가 생각날 것이다.

3장

부모님과 함께한
시골의 하루들

"엄마, 다 되었어?"

나는 자다가 깨어서는 부엌으로 달려가 엄마에게 여쭈었다.

"아직 멀었다. 내일 되어야 한다. 어서 자거라."

그래도 나는 갈급증이 나서 선잠 자다가 깨면 또다시 엄마에게 달려가서 여쭈었다.

"엄마. 지금 먹어보면 안 돼?"

나는 조청이 다 되면 제일 먼저 먹을 것이란 기대로 어리마리 잠을 설쳐가며 '풀 방구리에 쥐 드나들 듯' 연신 부엌을 오가며 여쭈었다.

추운 겨울날 아버지와 함께한 송사리 잡이

50여 년 만에 처음으로 송사리를 몇 마리 잡았다. 거실에 있는 수족관을 보면서 어릴 적 보았던 송사리를 잡아넣고 키우고 싶다는 생각을 해 왔다. 그동안 하천과 개울 여기저기를 아무리 찾아보아도 송사리를 볼 수 없었다. 오늘 큰아들과 계곡에 낚시를 갔다가 드디어 내가 권련眷戀하던 그놈 송사리를 잡았다. 그것도 추라치 여러 마리를 잡았다.

우리 아버지는 물고기 매운탕을 좋아하셨다. 농사일이 워낙 바쁘다 보니 남들처럼 세월을 낚듯 수륜垂綸[30]하며 물고기를 잡을 수는 없었다. 물고기 매운탕이 생각나면 잠시 틈을 내서 개울에서 물고기를 잡으셨다.

어느 추운 겨울날에 아버지는 어린 나를 데리고 동네 앞으로 흐르는 개울에 가셨다. 장화를 신은 아버지는 한쪽 발로 얼음을 쿵쿵 내리쳐서

---

30 낚싯줄을 드리워 고기를 낚음.

깨뜨리고는 동그란 얼기미를 깨진 얼음 구멍에 넣어 새끼손가락만 한 송사리를 잡으셨다. 겨울에는 송사리 매운탕이 최고라면서 겨울이면 가끔씩 그렇게 송사리를 잡으셨다.

얼기미는 한쪽에 얇은 철사로 만든 망으로 되어 있는 둥근 모양의 도구인데, 주로 울 엄마가 곡식을 고를 때 사용하셨다. 사실 그 얼기미는 엄마가 떡고물을 고를 때도, 간장독에서 막 퍼낸 간장을 거를 때도, 된장을 곱게 거를 때도 사용하시는 조리도구이기도 했다.

그래서 얼기미는 어느 한 곳에 걸려 있는 것이 아니고 부엌 벽에도, 창고 벽에도, 안마당 벽에도 걸려 있기도 했다. 그런 얼기미는 우리 집뿐만 아니라 다른 집에도 하나씩은 갖고 있을 수밖에 없던 그야말로 시골집에서는 꼭 필요한 십맹일장의 도구였다. 그것을 아버지는 시거에 얼음 구멍에서 송사리 잡으시는 데에 사용하셨다.

사실은 나도 그 얼기미로 물꼬에 가서 미꾸라지를 잡는 데 사용한 적이 있었다. "떡고물 고르는 건데, 비린내 나게 생겼다."며 엄마가 나에게 혼꾸멍내신 적이 있어서 그 이후로는 물고기 잡는 데 사용해 본 적이 없었다. 얼기미는 물고기 잡는 데 탐나는 도구였지만 견이불식이었다. 혼난 이후로 얼기미로 물고기 잡는 일을 한 번도 청득請得하지 못했다.

얼기미에 송사리가 몇 마리씩 잡히면 나는 아버지 막걸리 심부름할 때 사용하던 노란 찌그러진 주전자의 뚜껑을 얼른 열고 기다렸다. 그러면 아버지는 큰 손으로 얼기미 철사 망 위에서 퍼덕이는 송사리 여러 마리를 단번에 움켜쥐고는 내가 들고 있는 주전자 속으로 재빨리 옮겨 담으셨다. 그때마다 아버지 손에서 떨어지는 차가운 물방울이 주전자 손잡이를 꽉 잡고 있는 내 맨손 위로 떨어졌다. 물방울은 겨울바람에 차가워질 대로 차가워진 내 손을 더욱 시리게 했다. 그렇게 물 묻은 손으로 주전자를 들고 따라다니느라 손이 꽁꽁 얼었다. 아버지는 내가 추운지 어떤지 관심도 없으셨다. 아니, 관심이 없으신 것처럼 보였다. 아버지 손은 붉게 상기되어 있었지만 아버지는 손이 시리지도 않으신 것 같았다. 연신 얼음 구멍을 만들어 그 구멍에 얼기미와 함께 차가운 물 속에 맨손을 넣으셨다. 반짝반짝 빛나는 작은 송사리를 잡느라 정신이 없으셨다. 나는 그런 아버지가 싫지도 않았고 멋있어 보였다.

집에 돌아오는 길에 아버지는 개울 옆 논에 있는 볏짚을 모아 불을 놓고는 꽁꽁 언 내 손을 녹여주셨다. 아버지도 장화를 벗어 놓고는 양말을 신으신 채 젖은 발을 녹이셨다.

아마도 발이 많이 시리셨을 것 같았다.

무뚝뚝하시던 아버지가 별 도움도 안 되는 어린 나를 한겨울에 고기 잡는데 데리고 가신 이유는 무엇이었을까?

고기 잡는 재미를 느끼게 해주고 싶으셨을까?

아버지와의 소소한 추억을 만들고 싶으셨을까?

그냥 아들이니까, 막내니까 가까이 같이 있고 싶으셨을까?

아차! 알 것도 같다.

1981년도 2월에 한국해양대학교 입학을 위한 신체검사를 위해 천안에서 부산까지 간 일이 있다. 그때 아버지께서 13시간 걸리는 완행열차 비둘기호를 기꺼이 함께 타고 동행하신 적이 있다. 나 혼자 가면 될 일을 굳이 13시간 가까이 서서 가다시피 한 열차 여행이었다. 아버지의 속정 때문이었다. 부산에 있는 한국해양대학교에 입학하면 한동안 자식을 가까이 둘 수 없다는 생각에 그리하셨다. 겉으로는 무뚝뚝하셨지만 자식에 대한 속정이 그대로 드러난 것이다.

그때 이후로 난 50여 년간 송사리를 보지 못했었다. 내가 잡은 송사리는 이제 수족관에서 잘 살고 있다. 하루에도 몇 번씩 수족관을 보며 송사리가 잘 살고 있는지 점검하는 습관도 생겼다. 점검하는 것이 아니라 그냥 바라보는 습관이 생긴 것이 맞을 것 같다. 동그란 눈깔 주위가 수족관 불빛에서는 푸르게 보인다. 그 모습이 여간 사랑스러운 것이 아니다. 추라치라도 어릴 때 보았던 유어만큼이나 크기가 많이 작다는 생각을 했지만, 그때 보았던 반짝이는 은색 비늘은 그대로 순수하게 아름다웠다. 은로銀露처럼 아름다웠다.

송사리는 나에게 최고의 금린錦鱗[31]이다.

금붕어, 금잉어는 매무새가 인공적인 것 같아 왠지 어색하다.

볼품으로 만든 잔칫상의 망상望床[32]처럼 어색하다.

억지로 성장盛粧하고 성장盛裝한 응장성식의 여인처럼 어색하다.

양상도회를 한 여인처럼 어색하다.

어여머리를 한 여인처럼 어색하다.

아무리 처다보아도 관감觀感할 아름다움이 없다. 화려한 조명의 도심 속 콘크리트 빌딩을 보는 것같이 내면의 아름다움이 느껴지지 않는다.

송사리는 야태野態 나는 솔봉이 같이 수연粹然해서 좋다. 송사리는 수수하고 순수한 매무새의 어릴 적 초가마을 우리 동네를 닮아서 그대로 사랑스럽고 아름답다. 송사리는 우리 동네 초가 위에 뜬 금경金鏡[33]처럼 꾸밈없이도 그대로 간솔하고 순연해서 박옥혼금처럼 수미粹美하다. 송사리는 화장품을 거부한 소안素顔으로 소안笑顔을 하고 있는 소애少艾[34]를 보는 것처럼 빠져든다. 그렇게 수연하고 간솔하며 순연한 송사리는 가끔씩 망아할 정도로 열안케 한다.

---

31 아름다운 물고기.

32 큰 잔치 때에, 보기 좋게 과실·떡 등의 음식을 높이 괴어 차려놓은 큰 상.

33 '달'을 아름답게 이르는 말.

34 젊고 예쁜 여자.

내가 그토록 찾았던 송사리는 그냥 은린銀鱗[35]이 아니다. 내가 그토록 찾았던 송사리는 아버지와의 추억이다. 무뚝뚝하기만 하고 살가운 정이 없으신 것 같았던 아버지가 볏짚을 모아 불을 놓고 바투 앉아 꽁꽁 언 내 손을 녹여 주시던 그런 아버지와의 추억이다. 추라치를 찾는 순간 느꼈던 희열은 거의 전율이었다. 계련係戀하던 아버지와의 추억을 찾았기 때문이다.

나는 오래도록 송사리를 키울 것이다. 송사리가 알을 부화시키고 대를 이어 번성하도록 치어망도 사다가 설치해 놓았다. 송사리는 아버지와의 유년의 서사를 은린 하나하나에 차곡차곡 기록하여 간직하고 있다. 매일매일 하나씩 꺼내 읽어가며 아버지와의 유년의 기억을 끄집어 낼 것이다. 그렇게 매일매일 송사리와 함께하며 아버지와 함께했던 유년의 서사를 모조리 끄집어 낼 것이다. 불빛에 빛나는 염야艶冶한 송사리의 푸른 눈을 보며 매일매일 구회를 달랠 것이다.

수족관에서 송사리가 생동하는 한 아버지와의 추억은 결코 지워지지 않고 오래도록 송사리처럼 생동할 것이다.

---

35 '물고기'를 아름답게 이르는 말.

아버지와 나들이할 때 함께 찍은 사진

하루 만에 버려진 세발자전거

내가 국민학교 들어가기 훨씬 전의 일이다. 아버지께서 세발자전거를 사 오셨는데 그때 우리 동네에서 세발자전거가 있는 집은 우리 집이 유일했다.

아버지는 철도 공무원이셨다. 농사를 지으며 공무원 생활을 하셨다. 울 엄마는 늘 아버지한테 "쥐꼬리만 한 월급쟁이 한다."고 잔소리하셨다. 아버지는 무뚝뚝하셨다. 그래도 그 쥐꼬리만 한 월급으로도 1년에 한 번 정도는 식구들을 다 데리고 여행을 다니실 정도로 속마음은 따뜻한 분이셨다.

그날은 아버지가 귀띔도 없이 세발자전거를 사 오셔서 신이 났다. 친구들에게 자랑하며 금세 동구 밖까지 신나게 달렸다. 동구 밖엔 비탈길이 있었다. 그 비탈길에서 자전거가 급하게 굴러가는 바람에 나는 자전거와 함께 굴러떨어졌다. 다행히 크게 다치진 않았다. 무릎과 이마에 피가 흘렀다. 놀라 울고 있는 나를 엄마가 아까징끼약[36]을 발라주며 따뜻하게 감싸안으셨다. 혼내지는 않으셨다. 퇴근 후에 집에 돌아오신 아버지가 나를 바라보시고는 엄마에게 벼락같이 화를 내셨다. 아버지가 그렇게 격성을 내시는 것을 본 적이 없었다. 어디다가 갖다 버리셨는지는 모르겠지만 그날로 아버지는 세발자전거를 내다 버리셨다.

하루 만에 새로 산 자전거가 엄홀奄忽히 버려졌다.

아버지도 나를 많이 사랑하고 계셨다는 것을 그때 알았다. 나는 난황卵黃, 엄마는 난백卵白, 아버지는 난각卵殼이었을 뿐, 그래서 아버지의 사랑을 직접 느끼지 못한 것일 뿐이었다. 나는 화초, 엄마는 화초를 가꾸는 호미 날, 아버지는 호미 슴베라는 것을 그때 알았다.

내 아들이 다섯 살 무렵에 두 바퀴 달린 자전거를 사준 적이 있다. 처음 자전거를 배우는 날에 중심을 못 잡고 아파트 벽에 핸들이 부딪치며 한쪽 팔에 금이 갔다. 나 역시 그날로 자전거를 내다 버렸다. 평소에 심밀하게 행동하는 편인 내가 그랬다. 아내가 "왜 새 자전거를 버리느냐."고 바가지를 긁었지만 신려 없이 당장 내다 버려야겠다는 생각뿐이었

---

36 빨간색 소독약인 일본말.

다. 아들이 다친 것이 너무 속이 상하고 마음이 아팠기 때문이었다.

내 어릴 적에 아버지가 세발자전거를 버리실 때에 왜 버리셨는지 생게망게했었는데 아버지의 연충淵衷을 그때 알았다.

나는 아버지를 닮았다. 그것도 너무 많이 닮았다. 아버지가 무뚝뚝한 것만 빼고 다 닮았다.

엄마는 흰 고무신 나는 검정 고무신

나는 검정 고무신이 운동화보다 좋았다. 검정 고무신은 서부렁섭적 건널 수 없는 폭이 조금 넓은 개울물을 만나더라도 신발을 신은 채로 걸어서 건널 수 있었다. 건너고 나서는 물이 들어 있는 고무신을 신은 채로 몇 번 흔들어 털면 되었다. 비가 온 후 진흙 위를 걷고 나서도 물 있는 곳에 가서 씻고 그렇게 털면 되었다. 운동화는 그게 아니었다. 개울을 건널 때는 벗어서 손에 들어야 했다. 진흙 위는 아예 신고 걸을 수가 없었다. 가끔씩 냇가에서 물놀이할 때에는 송사리 몇 마리를 잡아서 물을 채운 내 검정 고무신에 담아두기도 했다. 그러니 고무신이 편하고 좋았다.

나는 매양 검정 고무신을 신었고 엄마는 끝이 위로 뾰족하게 생긴 흰색 고무신을 신으셨다.

장에 가시는 날이면 엄마는 얼룩진 그 흰색 고무신을 우물가에 가져가서 깨끗이 닦으셨다.

햇볕 아래 엄마의 고무신은 눈이 부시게 희었다. 엄마의 흰 고무신은 늘 새뜻해 보였다. 태양초처럼 반들반들 윤기가 흘렀다. 내 검정 고무신은 늘 흙이 묻어 있어 더러워 보였다. 아무리 물에 씻어도 '검둥개 몇 감듯' 금방 더러워졌다. 고춧대에 매달린 채로 마른 건삽乾澁한 고추처럼 윤기도 없었다. 엄마한테 졸랐다.

"엄마! 나도 흰 고무신 사줘!"
"아니다. 흰 고무신은 어른들이 신는 거란다."

그랬을까? 정말 흰 고무신은 어른들만 신는 거였을까?

사실은 그게 아니었다. 흰 고무신은 검정 고무신보다 비싸서 고급 신발 취급을 했었다. 평소에는 잘 신지 않고 명절 때나 잔치 때 주로 신었다. 비싼 신발이다 보니 어려운 형편에 아이들까지 흰 고무신을 사줄 수는 없었다. 비싸 봤자 쇠푼 차이었지만 한 푼이 아쉬운 우리 집 살림에 아이들까지 흰 고무신을 신는 일은 과람過濫한 사치였다. 대고 조르던 나에게 "흰 고무신은 어른들이 신는 거다."라고 칭탁稱託하셨던 그때의 울 엄마의 심정은 어떠하셨을까? 고무신조차 제때에 사주지 못하고 애옥살림을 하며 8남매를 키우시던 그때의 울 엄마의 심정을 이제 헤아리고도 남을 듯하다.

철없는 나가 흰 고무신을 사주지 않는다며 앙탈을 부리고 새로 산 검정 고무신을 보고도 앙앙불락이었으니 울 엄마는 얼마나 마음이 아프셨을까? 한복 곱게 차려입으시고 흰 버선에 흰 고무신을 깨끗이 닦아 신으시던 울 엄다의 연장妍粧한 모습이 아련하다.

닭장에서 꺼낸 날달걀 드시는 아버지

우리 집 흙 마당에는 늘 여러 마리 닭들이 모이를 쪼고 있었다. 저녁에는 아버지가 마련해 주신 닭장 홰대에서 잠을 자고 낮에는 온 마당을 헤집고 다녔다. 하루 종일 헤집고 다녔다.

닭똥이 마당 구석구석에 나뒹굴었다.

아침이 되면 아버지는 닭장에서 달걀 하나를 집어 드셨다. 쇠젓가락으로 달걀 아래위에 구멍을 낸 후 고개를 훅 뒤로 젖히며 얼른 입에 갖다 대셨다. 후루룩 소리 한 번이면 달걀 속 흰자와 노른자가 모조리 아버지 입안으로 빨려 들어갔다. 아버지는 왼손 등으로 입을 좌우로 살짝 닦으며 동시에 달걀 원형 그대로인 껍질을 마당에 툭 던져놓곤 하셨다. 그러면 어느새 닭들이 우르르 몰려들어 흔적도 없이 먹어 치우곤 했다. 정신없이 토욕土浴하던 닭은 물론 심지어 닭둥우리에서 꼼짝 않고 포란하던 닭마저도 모두 몰려들어 먹었다.

아버지가 그렇게 드시는 달걀은 정말 맛있어 보였다. 닭들도 달걀껍

데기조차 맛있다고 달려드는 모습을 보고 날달걀은 아주 맛이 있을 것이라고 생각했다. 나도 맛있는 날달걀을 먹어보고 싶었다.

어느 날 나는 닭장에서 엄마 몰래 달걀을 하나 꺼냈다. 아버지가 하시던 대로 쇠 젓가락으로 구멍을 낸 후 후루룩 빨아 보았다. 조금만 빨았을 뿐인데 너무 비리고 맛이 없었다. 바로 토하듯 마당에 뱉어버렸다. 그런 맛없는 날달걀이 맛있다고 드시는 아버지는 이상한 사람이라고 생각했다.

그때 이후로 나는 반전을 싫어한다.

속은 것 같아서 싫다.

예상과 기대를 아무런 이유도 없이 농락하고 짓밟는 것 같아서 싫다.

내가 속았든 내가 속임을 당했든 오감을 희롱하는 것 같아서 싫다.

표리부동의 결과여서 싫다.

영화나 드라마, 문학작품 속에서나 어울릴 뿐 우리 사는 세상에서는 남을 속이는 것 같아서 싫다.

'든 거지 난 부자, 든 부자 난 거지', '빛 좋은 개살구' 같은 말도 모두 반전이 있는 말이라서 싫다.

나는 "허울이 커야 고름이 많다."와 같은 직관과 본질이 일치하는 반전 없는 사상事象을 좋아한다. 표리일체의 반전 없는 세상을 좋아한다.

다만 반전을 가져다준 나의 직관 또한 나의 주관이 반영된 선입관일 수 있음을 경계한다.

　잠시 생각에 잠긴다.

　혹시 날달걀 맛이 없다는 것도 나만의 주관이 반영된 선입관일까?

　그 나만의 선입관 때문에 맛있는 달걀을 여전히 비리고 맛없다고 생각하는 것일까?

　내가 정중히 덕금德禽[37]에 대한 예를 표하며 날달걀 맛을 제대로 음미하면 새로운 반전이 일어날까?

　그래서 그때 아버지가 드시던 날달걀 맛에 대한 그때의 반전이 더 이상 반전이 아닌 나만의 착각이었다고 깨닫게 될 수도 있을까?

　모를 일이지 않는가? 그렇게 될지도.

　언젠가 진심을 다해서 꼭 날달걀을 다시 먹어보아야겠다. 승당입실[38]이니 맛있게 먹기 위한 순서가 따로 있는 것인지도 모르겠다. 그때 아버지가 하시던 대로 먼저 닭장에서 막 낳은 따뜻한 달걀을 쥐어 들고 쇠젓가락으로 달걀 위와 아래에 구멍을 내어 꼭 다시 먹어보아야겠다.

먹고 나서 아버지가 하시던 대로 왼손 등으로 입을 좌우로 살짝 닦는 것을 잊지 말고서 말이다.

그때 아버지가 드시던 날달걀 맛에 대한 반전이 나의 주관이 반영된 선입관의 결과였으면 좋겠다.

아버지 밥상에만 있는 달걀후라이

아내는 달걀값이 또 올랐다고 투덜댄다. 지난주까지만 해도 서른 개들이 한 판에 5천 원이었는데 지금은 7천4백 원이란다. 조류 독감 때문이란다.

"그래도 옛날에 비하면 얼마나 좋아. 아무 때나 사서 먹을 수 있으니!"

나는 아내에게 위로하듯 말을 건넸다.

울 엄마는 늘 아버지 밥상을 따로 챙겨 주셨다. 아버지 밥상에는 우리들 밥상과는 다른 반찬이 하나 있었다. 바로 달걀후라이다. 아무리 쥐코밥상이라도 달걀후라이는 꼭 있었다. 입맛이 없다며 고추장에 수화반을 드실 때도 달걀후라이는 꼭 있었다.

우리 집은 여러 마리의 닭을 키우고 있었다. 울 엄마는 그 달걀을 모아두었다가 아버지가 짚으로 성기게 엮어 만든 달걀 꾸러미에 10알씩 담아 장날마다 장에 내다 파셨다. 우리 집은 애옥살림에 8남매가 모두 동시에 학교에 다니고 있어서 일일이 학용품값을 마련하기도 벅찼다. 그때 달걀이 절처봉생을 하게 했다. 달걀은 우리 집 생활비를 버는 데 그만큼 요긴하게 쓰였다. 그러니 그 귀한 달걀을 식구들 모두가 먹을 수는 없었다. 꼭 아버지 밥상에만 올랐다. 식구들 중 어느 누구도 엄마에게 달걀후라이를 달라고 보채지 않았다. 우린 이미 그런 밥상문화를 당연한 것으로 알고 있었다.

가끔씩은 아버지가 달걀후라이를 몇 조각 남기셨다. 엄마는 그것을 다른 형제들에게 주지 않고 꼭 나에게 주곤 하셨다. 아마도 내가 아들 중에 막내여서 그러셨나 보다. 그렇게 주시는 달걀후라이는 정말로 맛있었다. '게 눈 감추듯' 순식간에 남김없이 먹어 치웠다.

"여보! 이 달걀 어때요?"
"그냥 아무거나 사요."

나는 마트에 가면 이것저것 고르는 편이 아니기도 하지만 달걀은 다 똑같아 보여서 아내가 물으면 늘 그렇게 대답한다. 아내는 늘 그때 울 엄마가 아버지 밥상에 달걀후라이를 차려 주셨던 것처럼 밥상에 내 몫으로 달걀후라이를 두어 개 차려준다. 그렇다고 그때 우리 아버지가 하셨던 것처럼 반쯤 남겨서 아들들에게 줄 필요도 없다. 아들들에게도 각자의 몫으로 이미 달걀후라이가 놓여져 있으니 말이다. 그 달걀후라이조차 반쯤은 남겨져서 개수대에 그냥 버려지는 경우가 많다.

그렇게 먹고 싶던 아버지 밥상의 달걀후라이다.
운동회 때나 겨우 먹을 수 있었던 달걀후라이다.
'게 눈 감추듯' 순식간에 남김없이 먹어 치우던 달걀후라이다.
그 달걀후라이가 미련 없이 개수대에 버려지고 있는 것이다.

아버지가 남겨주시던 달걀후라이 조각만으로도 행복했던 나였다. 아무리 궁사극치의 세상이라지만 생각을 바꾸기로 했다.
달걀후라이는 남김없이 다 먹기로 했다. 아들이 남긴 것도 아내가 남긴 것도 다 먹기로 했다. 아무리 맛 나는 음식이 차려지더라도 앞으로도 나의 알천은 달걀후라이라는 생각으로 다 먹기로 했다.
이제 개수대에 버려질 달걀후라이는 없다.

아버지 머리맡의 트랜지스터라디오

아버지는 한 손에 움켜쥘 수 있는 크기의 트랜지스터라디오를 늘 곁에 두고 계셨다. 트랜지스터라디오는 아버지의 장중보옥이었다. 주무실때에도 트랜지스터라디오를 틀어 놓고 주무셨다. 집에서도, 원두막에서도, 주무실 땐 꼭 그러셨다. 라디오 소리와 아버지 코 고시는 소리가 시와 노래가 되어 밤새도록 화수[39]했다. 아버지가 라디오를 틀어 놓지 않고 주무시는 일은 '송장 없이 장사 치르는 격'이었다. 또바기 라디오를 켜 놓고 주무셨다. 아버지가 쿨쿨 주무시는 것을 보고 라디오를 끄면, 아버지는 금세 눈을 뜨고는 라디오를 다시 켜셨다. 라디오가 아버지 불침번이기도 했다.

신기했다.

시끄러운 라디오 소리를 듣고 주무시는 것도 그랬고, 라디오를 끄면

---

39 남기 보낸 시나 노래에 화답하여 갚음.

조용해서 더 잘 주무실 텐데도 그게 아닌 것도 그랬다. 아버지는 늘 그렇게 주무시는 것도 아니고 안 주무시는 것도 아닌 비승비속[40]의 잠을 주무시는 것 같았다.

하루는 라디오 약(라디오에 쓰는 배터리를 우리 아버지는 늘 그렇게 부르셨다.)이 다 닳아서 라디오가 켜지질 않았다. 동네 구멍가게에도 라디오 약을 팔지 않았다. 내일 시내에 가야 살 수 있었다. 그날은 아버지가 주무시지 못하고 방 한 켠에서 망야[罔夜]하며 참따랗게 새끼를 꼬셨다. 라디오 소리가 없는 만뢰구적인 심야 정적 속에선 주무시질 못하시는 것 같았다.

나는 잠을 잘 땐 꼭 TV를 켜놓고 잔다. 내가 깊이 자는 것을 보고 아내가 TV를 끄면 어느새 깨어나 다시 켜라고 한다. 그때 우리 아버지도 그러셨다. 주무실 때 내가 라디오를 끄면 금세 알아채고는 다시 켜시곤 하셨으니까.

TV를 켜놓고 자는 나를 보면 그 옛날 머리맡에 트랜지스터라디오를 켜놓고 주무시던 우리 아버지가 생각난다.

나는 아버지를 닮지 않은 데가 없다.

부풍모습은 없고 아버지만 지나칠 정도로 닮았다.

---

40 승려도 아니고 속인도 아니라는 뜻으로, 이것도 저것도 아닌 어중간함을 이르는 말.

자식 홍역으로 건밤 새는 엄마

자다가 새벽녘에 잠깐 눈을 떴다.

"잠시라도 눈 좀 붙이지 그래요."

초저녁부터 한숨도 못잔 채 만면수색을 띠고 데꾼한 눈으로 아들 병간호를 하고 있는 아내에게 말했다. 아내는 그 옛날 울 엄마가 그러하셨듯이 밤새 세숫대야에 담긴 찬물에 연신 수건을 적시어 불똥같이 뜨거운 아들 이마에 올려놓으며 언제 열이 내려갈지 근심 어린 표정으로 지켜보고 있었다. 저녁에 문을 여는 병원이 없어서 아침까지 기다려야 한다며 때때로 아프다고 찜부럭을 내는 아들을 달래며 밤을 지새우고 있었다.

나는 어릴 적에 홍역으로 앓아누운 적이 있었다. 내가 아플 땐 늘 그랬듯이 내가 홍역으로 앓고 있을 때에도 울 엄마는 양은 세숫대야에 찬물을 담아 연신 수건을 적시어 내 이마에 올려놓으셨다. 울 엄마는 들일도 나가지 않고 온종일 내 곁에 계셨다.

"엄마, 너무 아파. 엄마, 너무 아파."

나는 자면서도 많은 헛소리를 할 정도로 아주 위중한 상태였었다. 3일간 앓았었다. 그때의 울 엄마도 지금의 내 아내처럼 상췌(傷悴)한 몸으로 노심초사하며 밤을 지새우셨을 것이다. 밤새 나에게 무슨 일이라도 일어날까 봐 악야(惡夜)를 보내셨을 것이다. '노구메 정성'으로 아들이 병에서 낫기를 밤새 기원하셨을 것이다. 한숨도 못 주무시고….

그렇게 울 엄마는 지극정성으로 진심갈력하며 자식들을 키우셨다. 그런 엄마 덕에 우리 집은 홍역이나 질병으로 죽은 형제가 아무도 없다. 8남매가 울 엄마 손에서 고스란히 잘 자랐다. 나는 그렇게 '불면 날까 쥐면 꺼질까' 엄마의 무육지은과 고복지은을 입고 자랐다.

난 지금 이 나이가 되어서도 몸이 아플 때면 무의식적으로 '엄마'를 부르며 엄마를 찾곤 한다. 아무리 아파도 엄마만 곁에 계시면 엄마가 다 낫게 해주실 거라 믿으며 안여태산이었던 그때처럼 엄마를 찾는다. 이미 은중태산이고 호천망극인데도 그렇게 엄마를 찾는다.

엄마라는 존재는 도대체 무엇일까?

똥배를 즈무르는 약손 같은 존재가 틀림없다. 아내도 아들에게 틀림
없는 약손 같은 존재이리라.

아내는 수건을 다시 적셔 아들 이마에 갖다 대고 시름겨운 눈으로 아
들의 배를 문지른다.

"내 손은 약손 네 배는 똥배."

아내도 '노구메 정성'으로 아들이 병에서 낫기를 기원하고 있다. 한숨
도 못 자고 그때 울 엄마가 그랬던 것처럼 간도懇到하며 간호하고 있다.
아내도 자식을 위해 진췌盡瘁하는 천생 엄마다. 아내와 울 엄마는 엄마
로서는 불식상간이어서 대비착시가 없다. 부끄럽게도 애자지정이야 다
를 리 없다 치더라도 내가 우리 아버지와 아버지로서의 대비착시가 큰
것과는 사뭇 다르다.

낳고 키워주신 천생 엄마인 어머니께 중국의 노래자의 반의지희를 생
각하며 조금이라도 더 효도하며 살고 싶다. 그래서 내 구로일劬勞日[41]에

---

41 자식을 낳아서 기르느라고 부모가 애쓰기 시작한 날이라는 뜻으로, 자기의
생일을 이르는 말.

도 늘 어머니의 구로를 생각하며 구로지감으로 어머니께 감사의 인사를 드린다. "저를 이 자리에 있기까지 베풀어주신 어머니의 은혜에 감사드린다."며 내 생일을 자축하기에 앞서 그렇게 어머니께 감사의 인사를 드린다. "네 생일인데 네가 축하받아야지 왜 나에게 고맙다고 하느냐." 하시며 웃으신다. 그렇게 좋아하신다.

　나에게 내 구로일은 어머니의 고마움을 생각하는 날이다. 수없이 많은 날들을 나 때문에 건밤으로 보내신 어머니를 생각하는 날이다. 궁천극지한 어머니의 은혜를 생각하는 날이다. 오는 구로일에도 그렇게 할 것이다. "어머니, 저를 낳아 주시고 키워주셔서 감사합니다."라고 할 것이다. 조금이라도 '노구메 정성'으로 나를 키워주신 어머니에 대한 효도가 될 수 있다면 앞으로도 계속 그리할 것이다. 아무리 분골보효해도 다 갚지 못할 은혜이니 작은 일도 소홀히 하지 않고 효도가 될 수 있다면 그리 할 것이다.

　앞으로도 내게는 생일은 없을 것이다.
　오직 구로일만 있을 뿐!

조청을 기다리며 잠이 든 아이

"엄마, 언제 다 돼?"

조청 만드는 날이면 조청이 언제 다 되어서 먹을 수 있을지 지루하기 그지없었다. 시골에는 딱히 단 음식을 먹을 수 있는 기회가 없었기 때문에 조청을 만드는 날은 부드럽고 꿀처럼 달달한 그것을 빨리 먹고 싶어서 연신 엄마에게 여쭙곤 했다. 기다리는 동안 도저히 승겁들 수가 없어서 연신 여쭈었다.

엄마는 미리 준비한 장작불에 고구마나 수수를 재료로 해서 조청을 만드셨다. 그 조청 만드는 일은 여간 시간이 많이 걸리는 일이 아니었다. 아궁이 앞에 허리를 굽히고 서서 가마솥 한가득인 엿기름물을 휘휘 저어야 했다. 밤새 정성을 들여 무거운 죽젓광이로 젓개질을 해야 했다.

"엄마, 다 되었어?"

나는 자다가 깨어서는 부엌으로 달려가 엄마에게 여쭈었다.

"아직 멀었다. 내일 되어야 한다. 어서 자거라."

그래도 나는 갈급증이 나서 선잠 자다가 깨면 또다시 엄마에게 달려가서 여쭈었다.

"엄마, 지금 먹어보면 안 돼?"

나는 조청이 다 되면 제일 먼저 먹을 것이란 기대로 어리마리 잠을 설쳐가며 '풀 방구리에 쥐 드나들 듯' 연신 부엌을 오가며 여쭈었다. 아침에 학교 갈 때까지도 엄마는 여전히 가마솥을 휘휘 젓기만 하실 뿐 대답은 여전히 "아직 멀었다."였다. 그렇게 엄마는 밤을 새워 가며 장작불이 세차게 타고 있는 뜨거운 아궁이 앞에서 조청을 만드셨다. 가마솥 한가득 했던 엿기름물이 장작불 열기에 졸아 들어 천덩천덩 떨어지는 점성을 보일 때까지 밤새도록 젓개질을 하셨다. 허리가 끊어질 듯, 팔이 부러질 듯 아프셨을 것이다. 중학교, 고등학교에 다니는 형제와 누나들도 있었지만 엄마는 누구에게도 가마솥 젓는 일을 나누어 하지 않으셨다. 자식들에게 너무 힘든 일이라는 것을 알고 계셨기 때문이었을 것이다.

그렇게 힘들게 만든 조청은 장독에 고이 보관했다가 잔칫날이나 생일날에 음식 할 때 조금씩, 아주 조금씩 아껴서 사용되었다. 그렇게 아껴 먹어도 '북어 껍질 오그라들 듯' 금방 갱까먹기 했다. 설이 지나서까지 부루나가는 경우는 없었다. 최고의 감미료였으니 그랬다.

　그래도 조청은 나에겐 그냥 꿀이었다.
　설날에 가래떡을 찍어 먹던 달달한 그냥 꿀이었다.
　엄마 몰래 장독에서 숟가락으로 훔쳐 먹던 꿀맛 나는 그냥 꿀이었다.
　그래서 그것을 만드는 날엔 잠 못 들던 그냥 꿀이었다.

　아내가 장을 보고 오면서 아직 굳지 않은 말캉한 가래떡 몇 개를 사 왔다.

　"여보, 이 가래떡 좀 드세요. 방금 만들었는지 맛이 좋아요."
　"네."

　나는 아내에게 대답하면서 냉장고에서 먹다 남은 꿀을 내어 흰색 사기그릇 종지에 따랐다.
　그때의 엄마가 고아 주셨던 꿀보다 더 달콤했던 조청을 생각하면서….
　밤새 정성을 들여 무거운 죽젓광이로 젓개질을 하시던 울 엄마를 생각하면서….

신문지에 싼 무지개떡을 들고 오는
과방지기 엄마

잔칫날에 음식을 미리 준비해 놓고 손님에게 필요한 만큼씩 내어주던 곳이 '과방'이다. 주로 벽장이 과방이 되었다.

울 엄마는 동네에 잔치가 있을 때마다 과방 지기를 하셨다. 울 엄마는 음식을 항상 푸짐하게 마련하는 성격을 갖고 계셨다. 그래서 동네 사람들이 늘 "손이 크다."고 말했다. 집에 손님이 오시면 고구마며 감자를 푸짐하게 삶아 놓고는 "숙불환생이니 남기지 말고 드시라."고 하셨다. 물론 남을 수밖에 없었다. 남은 음식은 우리 차지였다.

놉겪이[42]로 논밭일을 할 때에도 울 엄마는 미리부터 여러 맛 나는 음식을 푸짐하게 마련하셨다. 같은 값이면 일꾼들이 우리 집 일을 하고 싶어 한 이유였다. 손이 큰 울 엄마 덕에 놉겪이를 할 때에도 일꾼들을 손쉽게 구할 수 있었다.

---

42 놉(하루하루 품삯과 음식을 받고 일을 하는 품팔이 일꾼)에게 음식을 주어 일을 치름.

우리 집에 잔치가 있을 때는 물론 남의 집 잔치에서 과방지기를 하실 때에도 울 엄마는 음식을 덜퍽지게 담아 내놓으셨다. 안다미로 담지 않은 음식이 없었다. 그런 울 엄마가 늘 과방지기를 하셨다. 맛깔 손을 가지고 계셨기 때문이기도 했지만 두름손과 잡을손이 있었기 때문이었다. 울 엄마와 압닐狎昵하지 않은 동네 사람들도 울 엄마에게 과방지기를 맡길 수밖에 없는 이유였다.

잔치는 보통 3일간 계속되었다. 그러니 잔치에 왔던 사람들도 다음 날 또 오고 그다음 날도 또 오는 경우가 많았다. 그만큼 음식도 많이 필요했다. 미리 준비해서 과방에 쌓아 두지 않으면 손님에게 필요한 음식을 제때 대접할 수 없었다. 그래서 과방은 꼭 필요했다.

과방 일을 볼 때마다 울 엄마는 저녁 늦게야 집에 돌아오셨다. 손에는 기름 묻은 신문지에 싼 무지개떡이며, 과줄이며, 사탕이 들려져 있었다. 나는 그런 사실을 이미 알고 있었기 때문에 엄마가 동네잔치에 가시는 날이면 저녁 늦게까지도 잠을 자지 않고 엄마가 오시기만을 기다렸다. 엄마가 잔치 음식을 가져오시기를 기다렸다. 응사의 줄밥을 언제 먹을 수 있을지 눈 빠지게 기다리는 사냥매처럼 밤이 늦도록 기쁜 마음으로 기다렸다. 기다리다가 잠이 드는 경우가 대부분이었다. 그때마다 울 엄마는 나를 깨워서 맛 나는 음식을 먹고 자게 하셨다.

그렇게 3일 정도는 엄마를 기다리는 것이 즐거웠다. 내가 제일 좋아하는 무지개떡을 먹는 것이 좋았다. "감사 덕분에 비장 나리 호사한다."고 나는 과방 지기 울 엄마 덕분에 그렇게 귀한 잔치 음식을 자주 먹을 수 있었다. 맛깔손을 가진 울 엄마는 무지개떡을 주는 화수분이 되었고 나는 어느새 공짜 좋아하는 무당서방이 되었다.

나는 동네에서 언제 잔치를 하는지가 궁금해졌고 그 잔치만을 고대했다. 어른들이 얘기하는 것을 듣다 보면 몇 날 며칠에 누구네 집에 화연花宴이 있다든가, 결혼잔치가 있다든가 하는 사실을 알 수 있었다. '나그네 귀는 석 자'라는데 아마 그때의 내 귀는 '나그네 귀'보다 컸었나 보다. 그렇게 측문側聞하고 절청竊聽하며 동네에 잔치가 있는 날을 모조리 알 수 있었다. 암희暗喜하며 빨리 그날이 오기를 기다렸다. 틀림없이 울 엄마가 과방지기를 하실 것이고 그러면 울 엄마는 맛있는 잔치 음식을 가져오실 것이니 그랬다.

내가 결혼을 해서 아이를 낳고 기르면서 퇴근 후 저녁에 집에 들어갈 때면, 으레 아이들이 좋아할 법한 과자며 빵 등을 사 들고 갔다. 그 옛날에 울 엄마가 잔칫집 과방에서 들고 오신 그 맛깔스런 음식 맛을 느낄 수는 없었겠지만, 그래도 내가 울 엄마가 가져오신 음식을 먹을 때의 기쁨만은 내 아이들에게도 가져보게 하고 싶다는 생각에 그리했다.

울 엄마가 올해 91세가 되셨다. 나는 고향을 떠나서 살고 있는 관계로 내 아내는 을 엄마의 그 출중한 요리 비법을 제대로 이어받지 못했다. 아마 울 엄마가 돌아가시면 영영 울 엄마의 그 맛깔 나는 음식 맛은 볼 수 없을 것 같다.

그래서 오래도록 아쉬울 것 같다.

이제 아이들도 다 컸으니 퇴근길에 먹을 것을 사 들고 가는 일이 시시해졌다. 좋아하는 이가 없으니 그냥 몸에 배서 사 들고 가는 것뿐이다.

오늘도 나는 울 엄마의 잔치 음식을 생각하며 무엇이든 먹을 것을 사 들고 집에 갈 것이다.

진절머리 나는 아버지의 밥상머리 잔소리

매일매일 밥 먹을 때마다 아버지의 밥상머리 잔소리가 시작되었다. 한번 시작하면 진지를 다 드실 때까지 계속되었다. 곁상에서 진지를 드시던 엄마는 "잔소리 좀 그만하라."며 아버지께 눈총을 주셨다. "듣기 좋은 노래도 한두 번이지."라며 그리하셨다. 평소에도 아버지로부터 '벽창한 마호'라고 무시를 당하시던 엄마까지도 그렇게 눈총을 주셨다. 아버지는 그런 엄마께 "지청구 좀 그만하라."며 화를 내셨다.

나도 어린 나이였지만 아버지의 잔소리가 듣기 싫었다. 잔소리 듣는 것이 약비나서 어떤 때는 엄마가 밥을 먹으라고 나를 부르셔도 일부러 학교 숙제를 해야 한다며 아버지가 진지를 다 드시고 난 후에 밥을 먹을 때도 많았다. 엄마가 아무리 고성대호를 하셔도 그랬다. 아버지의 잔소리를 들으며 밥을 먹는 일은 아무리 맛있는 반찬이 있어도 그야말로 식불감미였다. 그러니 그럴 수밖에 없었다.

그 정도로 밥 먹을 때마다 듣는 씨그둥한 아버지 말씀은 정말로 더 이상 듣고 싶지 않았다.

귀담아듣지 않고 귀 넘어 들으며 가끔씩 마지못해 코대답만 했다. 잠청潛聽할 생각은 하지도 않았다. 넌더리 나고 진절머리 나서 그랬다. 밥도 해작거리며 먹는 둥 마는 둥 했다. 아무리 맛있는 음식이 있어도 도저히 감식甘食할 수 없었다. 아버지가 고봉밥을 다 드실 때까지 나는 반도 먹질 못했다. 웅절웅절하며 해작거렸다. 아버지 말씀을 범청泛聽하며 '달팽이 뚜껑 덮듯' 함묵緘默하고 대식하는 일은 정말 힘이 들었다. 아버지의 잔소리가 정말 싫었다.

그렇다고 아버지와 따따부따하거나 적자賊子가 할 수 있는 수제비태껸을 하지는 않았다. 승망풍지하며 대답이라도 시원스레 하면 아버지의 잔소리도 금방 끝낼 일을 가지고 나는 그리 하지 않았다. 나도 아버지를 닮아서 졸직拙直한 데다가 고집이 세고 성격이 대쪽 같았다.

아버지가 자주 하신 말씀이 "남이 장에 간다고 지게 지고 장에 따라가지 마라."며 부화뇌동하지 말라는 것과 "뱁새가 황새를 따라가면 다리가 찢어진다.", "송충이가 갈잎을 먹으면 떨어진다.", "작작 먹고 가는 똥 누어라."며 분수를 알고 안분지족할 줄 알아야 한다는 것이었다. 정말로 아주 자주 하신 말씀이었다. 아버지의 잔소리는 그런 '언필칭 요순'이 대부분이었다.

밥상머리는 아버지의 잔소리만 있는 자리는 아니었다. "누구네 아들이 버릇이 없더라."며 "너는 그렇게 하면 못쓴다."라든가, "누구네 아들이 상장을 탔다는데 너는 상장도 못 타느냐?"라며 동네 아이들을 흉보거나 부러워하는 자리이기도 했다. 뿐만 아니었다. "몇 날 며칠 누구누구네 어른 회갑 잔치가 있다."라든가 "누구누구 총각이 장가를 간다."라든가 하며 동네의 정보를 공유하는 자리이기도 했다. 그리고 "다음 주 일요일에 우리 집 고추를 심는 날이니 밖에 나갈 생각하지 말고 일을 도와야 한다."는 식의 우리 집 농사 일정을 정해놓고 식구들의 일정을 농사일에 맞추게 조정하도록 일방적으로 통보하는 자리이기도 했다.

밥상머리에서의 아버지의 모든 얘기가 나는 싫었다. 절대로 아버지의 궤철軌轍을 따라가지 않고 살아가겠노라고 생각했다. 나를 칭찬하거나 식구들을 즐겁게 해줄 줄 아는 말씀은 들어보지 못해서 그랬을까? 아니면 귀가 따갑도록 매일매일 계속되는 잔소리 때문이었을까? 그때 당시에는 아버지가 한 가정의 가장으로서 많은 식구들을 통솔하고 먹여 살리는데 진력하실 수밖에 없었다. 당연히 자식들에게 일호차착도 경계하기 위해 그럴 수밖에 없으셨다.

나는 아버지의 부화뇌동하지 말라는 말씀과 안분지족할 줄 알아야 한다는 말씀을 지금도 크게 새겨 가며 인생을 살고 있다. 아주 옳고도 옳은 말씀이기 때문이다. 그런데도 나는 내 자식들에게는 아버지가 하셨던 밥상머리 교육을 제대로 하지 못했다는 생각이 자꾸 든다. 역지개연이라 했지만 나는 아버지가 되어서도 역자이교지[43]만 실감했을 뿐 아버지처럼 자식 교육을 하지 못했다. 내 말이 무사가답인 말일지라도 그 옳고도 옳은 말조차 해주지 않았다. 그저 자식이 예쁘고 사랑스러워서 자식이 좋아할 얘기만 해주었다. 아버지는 엄마에게 지청구를 들어가며 잔소리를 하셨다. 우리 아버지도 우리를 사랑하지 않으셔서 잔소리를 하신 것이 아닐 텐데, 나는 아버지처럼 내 사랑하는 자식에게 잔소리를 할 수 있는 용기는 없었나 보다. 잔소리를 했더라도 질풍경초셨던 아버지와는 달리 언행일치의 생활을 하지 못하고 "나는 바담 풍 해도 너는 바람 풍 해라."는 격이 될 수도 있었을 테니 차라리 안 한 게 옳은 일일 것이란 생각이 든다.

가난한 농사꾼의 무거운 어깨로 앙사부육하며 어쩔 수 없이 사랑하는 자식들에게 잔소리를 하셨을 아버지께 살갑게 다가가지 못한 것이 죄송스럽다는 생각이 든다. 식불언食不言의 의미를 아버지가 모르실 리 없었

---

43 부모가 자신의 자식을 직접 가르치기 어렵다는 고사성어.

을 것이다. 나도 어린 나이에도 식불언의 의미를 충분히 알 것 같았다. 그런데도 아버지는 밥상머리에서 잔소리를 계속하셨다. 아마도 자식들에게 꼭 필요한 훈계로 여기셨을지도 모르겠다. 아버지는 자식들이 밥상머리의 잔소리를 싫어한다는 걸 다 아시면서도 잔소리를 하셨을 테니 그 마음이 많이 힘드셨을 것이다. 자식들이 지내듣는다는 것을 알면서도 잔소리하는 게 많이 힘드셨을 것이다. 그런 아버지를 내가 암둔闇鈍해서 심량深量하지 못하고 질원疾怨했었다. 처성자옥의 굴레에서 힘들게 살아오신 아버지의 마음을 이해하지 못했었다.

고맙습니다. 아버지!
죄송합니다. 아버지!
아버지는 광막한 하늘의 외로운 별이셨습니다. 아무도 다가가지 않는 외로운 별이셨습니다. 아버지의 말씀은 별빛이었습니다. 그 별빛은 제 가슴에 그대로 담겨 있습니다. 제가 허로虛老하지 않고 올곧은 마음으로 적수성가를 할 수 있었던 것도 모두 초직하신 아버지의 허심한 별빛 친교를 청종聽從하며 살아왔기 때문입니다. 궁행하시며 살아오신 아버지의 언행일치의 삶 그 자체로도 천언만어보다 보배로운 광대무변의 시례지훈을 주셨습니다. 저는 아버지의 친교를 담 삼아 반연한 담쟁이입니다.
저는 아버지의 친교를 물 지지대 삼아 성장한 빈조입니다.
저는 아버지의 친교를 궤도 삼아 진세塵世의 교란에도 불구하고 큰 섭

동 없이 운행하는 행성입니다.

아버지의 친교를 앞으로도 권권복응하고 진장珍藏하겠습니다.

감사합니다.

경초勁草 우리 아버지!

4장

8남매가
복닥복닥 살던
우리 집

아침마다 맑은 이슬을 머금고 있는 까마중 열매를
따 먹는 일은 최고의 즐거움 중의 하나였다. 잔입에 먹는
까마중 열매는 더 맛있었다. 다른 형제들도 나와 마찬가지
로 생각했다. 당연히 아침마다 까마중 열매를 차지하기 위
한 경쟁이 치열할 수밖에 없었다.

대가족이 모여 김장을 하는 사진
맨 앞이 작가의 엄마

8남매 중 4남매가 동시에 국민학교를 다니며 두 형, 한 살 아래의 여동
생과 함께 찍은 사진
맨 왼쪽이 작가

뒤란 감나무의 달보드레한 감꽃

고향의 시골집 앞에 있는 늙은 감나무가 툭툭하며 떫은 감꽃을 떨어뜨리고 있다. 사실 이 감나무는 새집으로 이사 오기 전에 옛집 뒤란에 있던 감나무를 옮겨 심은 것이다.

감꽃의 향기는 나는 듯 마는 듯했다. 딱히 오상고절[44] 같은 농향은 없었다. 그래도 나는 갓난아기의 볼에서 나는 배냇냄새처럼 은근하고 유수한 감꽃의 향기가 좋았다. 그 향기는 맡아도 맡아도 싫증이 나지 않았다. 화중왕 국화꽃보다도 감꽃이 좋았다.

감꽃은 온갖 겉치장과 화장을 거부하는 순박한 시골 처녀의 옷매무새와 맨얼굴처럼 간솔하고 청초해서 좋았다.

감꽃은 동그란 왕관처럼도 생겼다. 소인국 왕이 쓰는 그런 왕관 같기

---

44 국화를 이르는 말.

도 했다. 그렇게 홑몸으로도 절염絶艶해서 청개구리가 쓰면 정말로 왕관을 쓴 듯 어울릴 것처럼 생겼다.

감꽃은 나에게는 화중왕이다. 화중왕을 고르라면 언제 어디서든 망설임 없이 감꽃에 권점圈點을 찍는다. 무수히 많은 꽃들이 아무리 고혹적 자태로 감꽃과 경염競艶해도 감꽃을 이길 꽃이 없다. 나는 이미 감꽃에 혹닉惑溺했다. 시골 어느 동네에 있는 감꽃이든 나의 유년의 추억을 오롯이 간직하고 있는 것 같아서 좋다. 눈으로 맡는 그 감꽃의 향훈은 늘 나를 고향의 감나무 아래로 데려다준다.

내가 어릴 적에는 먹을 것이 귀하던 시절이었다. 그러니 떫은 감꽃도 많이만 주워 먹을 수 있으면 좋았다. 아침이면 우리 집 뒤란에는 감나무에서 떨어진 감꽃이 여기저기 숨어 있었다. 뱀이 더 크기 위해 허물을 벗듯 어린 감꽃은 감이 더 크기 위해 허물을 벗어놓은 것이라고 생각했다.

감꽃은 절대로 시든 채로 떨어지지 않았다. 늘 싱싱한 채로 떨어져 깨끗하고 산뜻했다. 꽃잎이 두터운 데다가 꽃부리가 작고 동그란 감꽃은 감나무에서 떨어져서도 잘 부서지지 않았다. 갈래꽃이 아니어서 통통 튀면서 잘 굴렀다. 구르다가 풍계묻이 하듯 먼저 땅에 떨어진 감나무 잎사귀 밑에도 숨어 있었고, 넓적한 돌멩이 틈에도 숨어 있었다. 그 감꽃은 주전부리 얼요기감이 되었다. 다른 형제들이 주워 먹기 전에 아침 일찍 뒤란에 가서 그 감꽃을 주워 먹었다. 가끔씩은 감꽃과 함께 감또개도 여러 개 보였지만 손도 대지 않고 무시했다. 언젠가 맛있다는 누나의 말을 듣고 감또개를 깨물었다가 얼굴이 찌그러질 정도의 떫은맛에 놀란 적이 있기 떠문이었다.

비가 온 날에는 감꽃에 흙이 묻어 있었다. 그러면 샘물에 씻으면 되었다. 감꽃에서는 이상하게도 감에서 나는 똑같은 떫은맛이 났다. 그래도 약간의 달보드레한 맛이 있어서 먹기 좋았다. 간밤에 비바람이 불면 감꽃이 많이 덜어졌다. 그런 날에는 거듬거듬 주워도 금방 주머니에 가득했다.

먹고 남는 감꽃으로는 간조롱하게 실에 꿰어 목걸이를 만들었다. 감꽃은 통꽃인 데다 꽃잎이 두툼해서 꽃목걸이 하기에 제격이었다. 딱히 꿰미로 쓸 만한 것이 없었다. 그럴 땐 울 엄마의 반짇고리에 있는 실꾸리에서 바느질 실을 잘라서 사용하기도 했다. 감꽃은 금방 갈색을 띠며 시들어 말랐다. 그래서 함초롬하던 감꽃 목걸이도 오래가지 않았다. 감꽃은 그렇게 금세 시들어 색쇠애이의 '구시월의 세단풍'이었다. 그래도 난 잠시라도 감꽃 목걸이를 하는 것이 좋았다. 가끔씩은 한 살 아래의 여동생에게 감꽃 목걸이를 해주기도 했다. 그 목걸이는 내가 한 것보다 훨씬 예쁘기 보였다.

내가 입은 옷에는 여기저기 얼룩이 지곤 했다. 감꽃 목걸이에서 감물이 들어서 그랬다. 양잿물 비누로 빨래를 해도 절대 지워지지 않는 얼룩이었다. 엄마가 감꽃 물든다고 "감꽃을 만지지 말라."고 혼내시기도 했지만 그래도 나는 감꽃이 좋았다. 감꽃 먹는 것도 좋았고 목걸이 하는 것도 좋았다.

여름이 되면 익지 않은 감이 툭 하고 떨어질 때가 있었다. 원래 가을이 되어야 홍시가 되어 떨어지는 경우가 있는데, 푸르른 상태에서도 벌레가 먹으면 다 익기 전에 감이 떨어지곤 했다. 그 감은 엷은 노랑 빛깔을 내며 얼추 홍시 맛을 냈다. 그래서 그 감을 주워 먹기 위한 경쟁은 감꽃보다도 더 치열했다. 벌레가 많이 먹은 도사리 감은 더 맛이 좋았다. 그 감은 대부분 떨어질 때 터져 있었다. 터진 부분에 흙이 묻어 있어서 먹기가 쉽지 않았다. 그래도 조심스레 겉 부분을 닦아내고 벌레 먹은 부분을 척출하면 맛있는 감을 먹을 수 있었다.

새집에 옮겨 온 감나무는 그때의 추억을 옮겨 온 것이다. 이제 그 감나무도 많이 늙었다. 강하지 않은 바람에도 가지가 힘없이 부러진다. "감나무는 약하니까 굵은 가지만 밟고 올라가야 한다."고 울 엄마는 지금도 늘 말씀하신다. 올해 91세 되신 울 엄마다. 내가 어릴 적부터 내내 같은 말씀을 하셨다. 그 감나무가 있는 한 나는 오래도록 옛날 뒤란의 감나무를 추억할 것이다.

가없는 엄마의 사랑과 함께.

작가가 감꽃 목걸이를 해주던 여동생이 방죽에서 찍은 사진

늘 퀴퀴한 냄새나던 할아버지 방

우리 집은 방이 세 개였다. 그중 사랑채가 할아버지 방이었다. 늘 간동하게 잘 정돈되어 있었다. 네 귀퉁이가 닳아서 뭉툭해진 할아버지 방앞에 놓여 있는 나무로 만든 작은 섬돌에는 늘 할아버지 흰색 고무신이가지런히 놓여 있었다. 섬돌을 딛고 여기저기 구멍 나서 새 창호지로 오려 붙인 갈색 창살이 있는 문을 열고 들어가면, 벽에는 늘 울 엄마가 풀을 먹인 후에 밤새 다듬이질로 주름을 펴서 깔끔해진 두루마기가 흰색종이를 말아 싸맨 긴 대못에 걸려 있었다. 그 바로 옆에는 말총으로 만든 검정색 갓이 아래로 갓끈을 길게 늘어뜨린 채 다른 대못에 걸려 있었다. 파립破笠[45]이 걸려 있는 적은 없었다. 따로 말코지[46]도 없었다. 성인도시속을 따른다는데 우리 할아버지의 성품은 부달시의였다. 의관은 언제나 전통 한복이었고 다른 옷은 입지 않으셨다. 그러니 할아버지 방에는

---

45 해지거나 찢어져서 못 쓰게 된 갓.
46 물건을 걸기 위해 벽 따위에 걸어두는 나무 갈고리.

늘 한복만 걸려 있었다.

방바닥은 거친 초배지에 콩기름을 여러 번 칠한 누런 종이 장판을 깔
았다. 여기저기 궁글어서 거품이 들어 있는 것처럼 봉곳봉곳 들떠 있었
다. 아랫목의 불목은 숯검정이 묻은 것같이 새까맣게 눌어 있었다. 할아
버지 방은 늘 오래도록 군불을 때서 그랬다. 윗목에는 할아버지 머릿기
름 때로 반들반들해진 목침이 놓여 있었고, 그 옆에 누렇고 가느다란 장
죽長竹이 담뱃재가 수북이 쌓인 검게 얼룩진 놋쇠 재떨이 위에 가로질러
길게 놓여 있었다. 한쪽 벽엔 자릿장 대신 작은 자릿상 하나가 벽을 기
대고 있었고, 그 위에는 두툼한 요와 붉은색 이불이 각이 지게 잘 포개
어져 있었다. 그 모습이 마치 팥으로 만든 시루떡을 잘라 놓은 것처럼
보였다. 이불이 접침접침 개어 있는 경우는 없었다.

신문지로 이어 붙인 천장에는 3촉짜리 백열전등이 검은색 천으로 감
싼 전깃줄과 함께 아래로 길게 늘어뜨려진 채 달려 있었다. 그 천장에서
는 낮에도 쥐가 뛰어다니는 소리가 들렸다. 쥐들 놀이터인 종이 천장은
쥐 오줌이 침윤되어 군데군데 누렇게 얼룩져 있었다. 천장 구석에는 몇
군데 쥐가 들어뜯은 구멍이 나 있어서 금방이라도 쥐가 그 구멍에서 떨
어져 내려올 것 같았다. 벽 모서리에는 내 키보다 더 큰 검붉은 색의 지
팡이가 비스듬히 벽을 기대어 세워져 있었다.

할아버지는 무싯날에는 장에 가지 않으셨다. 꼭 장날에만 장에 가셨다. 지팡이는 할아버지가 장날에 늘 가지고 다니셨다. 갓을 쓰고, 두루마기를 입고, 깨끗이 닦은 흰 고무신을 신고 그 지팡이를 들고 다니셨다. 그런데도 한 번도 그 지팡이를 땅에 짚으시는 것은 보지 못했다. 그러니 할아버지는 울퉁불퉁하고 반짝이는 지팡이를 수발황락의 몸을 의지하려는 것이 아니라 그냥 치장용으로 들고 다니셨던 게 분명했다. 어쩌면 두루마기를 입고 지팡이를 갖추지 않으면 위식違式인 걸로 생각하셨는지도 모르겠다.

어느 날 그 지팡이 없이 장에 다녀오신 적이 있었다. 그 모습이 만불성양이었다. 궐문闕文[47]처럼 어색했다.

우리 할아버지는 그런 멋쟁이 할아버지셨다. 선학仙鶴의 모습에서 느껴지는 유심幽深한 기품이 있는 할아버지셨다. 동저고리 바람으로 절대 나들이하지 않으시는 멋쟁이 할아버지셨다.

그런 할아버지 방에서는 늘 퀴퀴한 냄새가 났다. 나는 그것을 할아버지 냄새라고 했다. 할아버지 방에서 할아버지는 4년 동안 중풍으로 장와불기하시다가 돌아가셨다.

---

47 글자나 글귀가 빠진 문장.

20여 년 전에 내가 담배를 피우던 때가 있었다. 그때 유치원 다니던 아들이 한 말이 생각난다.

"아빠한터 나쁜 냄새가 나!"

그때 나는 알고 있었다. 아들은 내가 맡았던 할아버지 냄새를 맡고 있었다는 것을!

요즘 들어 한복을 입고 싶다는 생각이 자주 난다. 하얀 바지저고리에 잘 다려진 두루마기를 걸쳐 입고 싶어진다.

그냥 나이가 들어서일까?

아니면 할아버지의 한복이 멋스러워 보여서일까?

아니면 할아버지에 대한 그리움에서일까?

나도 잘 모르겠다.

그때 할아버지는 왜 한복만을 고집하셨을까?

한복이 멋스러워 보여서였을까?

아니면 할아버지의 할아버지에 대한 그리움에서였을까?

그것도 잘 모르겠다.

매무새에 정성을 다하시던 할아버지와 할아버지 방이 눈에 암암하다.

앓아누워계시던 할아버지를 리어카에 태우고 살랑살랑 부는 봄바람이 능수버들을 제멋대로 춤추게 하고 있는 방죽을 한 바퀴 돌던 때가 생각난다.

오랜만에 바깥바람을 쐬어서 좋으셨는지 만심환희하시던 그때가 생각난다.

육탈골립의 비영비영한 몸으로 힘없이 연신 가벼운 미소를 지으시던 할아버지가 생각난다.

동저고리 바람으로 리어카를 타시면서도 한 손에 평생 애중하시던 지팡이를 잡고 계시던 할아버지가 생각난다.

늘 커다란 가위로 깔끔하게 다듬으셔서 세모나던 흰 턱수염이 습습霫霫히 부는 가벼운 봄바람에도 사정없이 헝클어지던 그날의 할아버지가 생각난다.

장와불기로 구들더께가 된 시처위가 한스러우셨을 우리 할아버지가 생각난다.

염양豔陽조차 서러움만 더해줬을 우리 할아버지가 생각난다.

우리 할아버지는 멋쟁이 할아버지셨다. 그 멋쟁이 할아버지가 쓰시던 물건 중에 아무것도 습용襲用되는 것이 없다. 할아버지를 영종影從하던 지팡이는 물론 할아버지의 모든 흔적이 설니홍조가 되어 사라진 지 오래다.

인생이 참으로 무상하다.

늘 갓을 쓰시고 한복을 곱게 차려 입으시던 할아버지 사진

박 씨를 물고 오지 않은 제비

새봄이 되면 제비를 기다렸다. 제비는 텃새가 아니라서 해마다 강남에 갔다가 오는 거라고 생각했다. 그 강남이 어딘지도 알지 못했다. 아무튼 백리남방의 겨울이 없는 아주 따뜻한 땅일 거라고 생각했다. 그 제비가 와야 비로소 봄이 오는 거라고 생각했다. 대학가요제에서 경연하는 대학생의 노래처럼 티 없이 맑고 싱그러운 제비의 울음소리가 들려야 봄이 오는 거라고 생각했다.

우리 집은 기와집이었다. 해마다 봄이 되면 강남 갔던 제비가 날아들어 대청마루 위 대들보 앞면에 집을 지었다. 보꾹에는 집을 지을 만한 곳이 많이 있었다. 그런데도 제비는 늘 대들보 앞면 90도 수직 사면에 집을 지었다. 사람 사는 집에 들어와서는 처음부터 제 집터였던 양 천연덕스럽게 그리 집을 지었다. 식구들 중 아무도 부수지 않아 작년에 지은 집이 온새미로 남아 있어도 제비는 꼭 새집을 지었다. 헌 집은 싫다는 양 수고스럽게도 새집을 지었다. 모내기하기 위해 가래질과 써레질을 하고 있는 논에서 짜득짜득한 흙을 물어다가 몇 날 며칠을 우리 집과 논을 수 없이 오가며 집을 지었다. 접착제도 없이 오직 주둥이로만 수직 사면에 달망지게 잘도 지었다. 일부러 부수지 않으면 수직사면에 지어진 무거운 흙집이 몇 년이고 그대로 남아 있을 법한 아주 튼실한 집을 지었다. 주둥이 주변의 털들이 황갈색으로 바랜 것도 그렇게 주둥이에 흙을 뒤집어 써 가며 집을 짓느라고 그런 것 같았다. 집짓기에 광세지재를 지닌 제비가 마술을 부리듯 지은 집은 밑에서 보면 꼭 말굽버섯이 거꾸로 자란 것 같았다.

집을 다 짓고 나면 제비집에는 암컷 제비가 알을 낳고 품느라 하루 종일 웅크리고 있었다. 그 제비는 밖이 아무리 소란스러워도 고개만 좌우로 갸웃뚱갸우뚱할 뿐 웬만해서는 둥지를 비우고 나오는 일이 없었다. 장난삼아 제비집 앞까지 수건을 흔들어 대도 고개를 살짝살짝 숙였다가 다시 일으켜 세우기만 할 뿐 제비는 그냥 그대로 집을 지키고 있었다. 장난하는 걸 아는 듯했다.

새끼가 부화하면 어미 제비가 먹을 것을 물고 올 때마다 새끼 제비 모두가 동시에 합창하듯 울부짖었다. 그 모습은 차마 볼 수 없을 정도로 애련했다. 어미 제비를 보고 울부짖는 것이 아니었다. 아직 눈도 뜨지 못했으니 어미의 기척을 보고 그랬다. 다른 새끼 제비는 제쳐 두고 내 입에만 먹을 것을 달라는 듯이 가느다란 목을 최대로 길게 내뿜으며 붉은 입을 크게 벌리고 울부짖었다. 그 모습이 연붉은 꽈리주머니를 물고 좌우로 빠르게 머리 율동을 하고 있는 것처럼 예뻤다. 그런 새끼 제비에게 먹이를 조금이라도 더 많이 먹여 주고 싶어서였을까? 어미 제비는 논에 나가서 수백 차례 곡예비행을 하며 열심히 벌레를 잡아 날랐다. 지치지도 않는지 하루 종일 불풍나게 들락거리면서도 생동생동하게 벌레를 잡아 날랐다.

하루는 아침에 새끼 제비가 마룻바닥에 떨어져 있었다. 놀라서 다가가 보니 날개나 다리가 부러지지는 않았다. 제 딴에는 이소離巢하기 위해 나는 연습을 하다가 떨어진 것 같았다. '흥보의 박 씨'가 생각나서 상처도 없는 배에 아까징끼약을 발라주고는 마당에 길게 늘어진 빨랫줄을 받치고 있던 사시랑이 바지랑대를 가져다가 다시 제비집에 올려주었다. 이제 새끼 제비가 어른이 되어 강남 갔다가 내년에 돌아올 때에는 숭보崇報하려고 박 씨를 물고 올지도 모른다고 생각했다. 사실 '흥보의 박 씨'에 대해 신부양난이었지만 아까징끼약을 발라 준 후로는 제비의 숭보를 기다려 보기로 했다.

다음 해 봄이 되어 우리 집에는 어김없이 강남 갔던 제비가 돌아와 집을 짓고 많은 새끼를 낳았다. 박 씨를 물고 온 제비는 보이지 않았다. 그

다음 해에도, 또 그 다음 해에도 박 씨를 물고 온 제비는 보이지 않았다. 박 씨를 물그 올 거라는 것을 심절深切하게 바랐던 것은 아니어서 그리 크게 실망하지는 않았다. 그래도 혹시 물고 온 박 씨를 다른 집에다 떨어뜨렸는지는 나도 모르겠다.

요즘에는 제비를 보기 어렵다. 그 많던 제비들이 어디를 간 것일까?

혹시 살충제 농약 때문에 앙급지어를 당해서 우리나라에서 영멸永滅한 것일까?

제비는 사람이 사는 집(마음씨 좋은 사람이 사는 집)에만 집을 짓는다고 했는데 그동안 사람들 인심이 야박해져서 찾아오지 않는 것일까?

그래도 시골에 집을 지으면 찾아오려나?

사람 사는 집에서 천연덕스럽게 집을 짓고 새끼를 키우던 제비가 보고 싶다. 새봄이 되면 빨랫줄에 앉아 '옥반에 진주 굴 듯' 청절淸絕하게 지지배배 노래하던 그 제비가 보고 싶다.

집 밖이 생활무대인 똥강아지

엘리베이터를 탔다. 동네 아주머니가 인사를 한다.

"안녕하세요."

옆에는 유모차가 있다. 얼뚱아기가 있을 거라 생각했는데 아기는 없고 흰색 강아지 두 마리가 해코지라도 할까 봐 잔뜩 경계하는 눈빛으로 나를 쳐다본다. 내가 일부러 곱송그리게 하지도 않았는데 긴장한 듯 나를 쳐다본다.

"산책 나가시나 보네요?"
"네."
"강아지가 쌍둥이 같아요."
"네, 우리 아기 형제예요."

"강아지 두 마리 키우기 힘드시겠어요."

"우리 아기 두 형제라 힘들지 않아요. 엄마 말을 얼마나 잘 듣는데요!"

아뿔싸!

대화하면서도 강아지라고 말한 내가 큰 실수를 했음을 직감했다. 그
래도 내 입으로 강아지를 아기로 표현하거나 엄마로 표현할 수 없어서
더 이상 아즈머니와 대화를 이어가지 않았다.

어릴 적에 우리 집에서는 강아지를 자주 키웠다. 친척 집에서 가져와
서도 키우고 동네 옆집에서 공짜로 얻어 와서도 키웠다. 발탄강아지를
데려다 키울 때도 많았지만 추운 겨울날에도 방안까지 강아지를 들이
는 일은 거의 없었다. 이불 속에 꼬물이를 몰래 숨겨 놓을 때도 있었지
만 아버지가 아시면 금방 마당에 있는 개집으로 내다 놓았다. 그 개집이
강아지 집이다. 지금처럼 안방에 개집은 없었다. 아버지가 만들어 주신
나무 송판 집이 개집이었다. 개집 안에 넣어준 해진 옷이 이불이고 요였
다. 하루 종일 뛰어놀다가도 쉬고 싶으면 아무 때나 그 집에 들어가면
되었다. 지금처럼 산책 나왔다가 집에 들어갈 때 억지로 목욕을 해야 하
는 불편함이 필요 없었다. 털이 날린다고 빗질을 해서 억지로 털을 고를
필요도 없었다. 개털이 음식에 들어갈 걱정은 더더욱 할 필요가 없었다.
어차피 집 밖이 개의 생활무대이고 집 밖에 개집이 있으니 그러했다.

그런데도 그 개가 느끼는 행복은 지금처럼 아파트에서 생활하는 개들보다는 컸었나 보다. 학교 갔다 돌아오면 그 커다란 꼬리를 쉴 새 없이 크게 흔들며 연신 앞발로 내 몸을 안마하듯 토닥여 주었다. 긴 혀로 내 입과 뺨을 핥으며 표현할 수 있는 모든 방법을 다 동원하며 사랑 표시를 했다. 그 개에게서는 아파트에서 생활하는 요즘 개들에게서는 느낄 수 없는 진정한 행복감을 엿볼 수 있었다. 그런 개이기에 사랑할 수밖에 없었고 정을 줄 수밖에 없었다. 견권지정이 깊어질 수밖에 없었다.

아주머니가 다시 위층으로 올라가려고 엘리베이터 층 버튼을 누른다.

"산책 안 시키고 들어가시려고요?"
"그게 아니고요. 아기 신발을 안 신기고 왔네요. 얼른 들어가서 신기고 다시 나와야겠어요."

개가 아파트에서 살면 행복할까?
개가 신발을 신고 산책을 하면 과연 행복할까?
개가 유모차를 타면 과연 행복할까?
개를 개라고 부르지 않고 사람처럼 부르면 개는 행복해지는 걸까?
나는 요즘 개들이 정말로 불쌍하다는 생각이 든다.
마음대로 뛰어놀며 개가 개처럼 살 수 있는 공간에서 자재로이 살지 못하는 개들이 불쌍하다는 생각이 든다.

인간의 욕심에 속박된 모든 개에게 자유가 주어졌으면 좋겠다. 번견番犬에서 벗어나고 완물玩物에서 벗어나서 더 이상 측연惻然한 생각이 들지 않도록 그리했으면 좋겠다.

요즘 들어 잠적潛寂한 시골에 마당 너른 집을 마련해서 맥랑麥浪을 바라보며 답청踏靑하고 목줄 없는 천방지축인 자유로운 똥강아지와 함께 노후를 보내고 싶다는 생각이 많이 든다. 그런 탓인지 아파트에 사는 똥강아지를 바라보는 마음이 애련하기 그지없다.

꼭 아파트를 벗어나서 목줄 없는 똥강아지와 노후를 보내고 싶다. 지금은 살서제 걱정을 할 필요가 없으니 똥강아지가 아무리 둔박鈍朴해도 그리해도 될 것 같다. 똥강아지를 절대로 완물玩物로 생각하진 않겠다. 똥강아지가 나에게 억지로 아유구용을 하지 않아도 내치지 않겠다.

똥강아지와 함께 벽태碧苔 낀 바위에 누워 하늘을 바라보고 싶다. 똥강아지와 함께하며 야초野草 위에 누워 야취野趣를 벗 삼고 온갖 진사塵事와 진연塵緣으로 매일매일 심살내리는 티끌 세상살이에서 조금이라도 벗어나고 싶다. 똥강아지와 입 맞추고 뒹굴며 일무차착의 속박에서 벗어나 백약지장[48]을 벗 삼아 매일같이 이취泥醉하고도 싶다. 주광酒狂은 없고 주

---

48 술을 (칭송하여) 달리 이르는 말.

덕酒德은 있으니 인사불성만 아니라면 혼취昏醉해도 괜찮겠다. 작취미성[49]해서 아침마다 여훈餘醺[50]이 남아 있어도 좋다. 매일같이 장취불성[51]이어도 좋다. 남들이 주충이라 불러도 상관없다. 침면沈湎[52]해도 좋다. 어차피 취흥이나 취향醉鄕을 위해 쾌음하는 것도 아니고 그저 만단수심으로 가득 찬 세상살이를 벗어나고 싶어서 마시는 술일 터이니 그래도 될 것 같다. 똥강아지와 함께라면 더 이상의 아유雅遊도 필요 없다. 똥강아지와 함께 그렇게 탈속해서 노후를 보내고 싶다.

내가 늘 안쫑잡고 있던 적상積想이지만 꿈일 것 같다. 오늘도 해운대 해변 바닷가를 산책하면서 아내에게 살짝 운을 띄워 보았지만 어림도 없다. 잠심潛心하기는커녕 즉각적인 "Nope!"이 대답이었다. 나의 간념慇念이 불가능한 꿈일 것임을 확인해 주는 단호한 "Nope!"이 대답이었다.

아내가 도시를 벗어나려고 하질 않는다. 털 날리는 똥강아지는 더욱 싫어한다. 나와 함께 자유로울 똥강아지는 없을 것 같다. 나의 자적하는 삶도 없을 것 같다. 똥강아지와 함께할 나의 탈속의 지락은 그냥 꿈일 것임이 분명하다. 아내의 단호함으로 보아 앞으로도 '고소원이나 불

---

49 어제 마신 술이 아직 깨지 아니함.
50 아직 다 깨지 않은 술기운.
51 계속 술을 마셔 깨지 않음.
52 술에 절어서 아주 헤어나지 못함.

감청'일 것이 분명하다. 세월 나그네는 백대지과객이라 오늘도 지나가기만 할 뿐 돌아올 줄은 모르니 나도 이젠 숙망宿望이 그냥 꿈임을 인정해야 할 때가 온 것 같다.

저녁마다 속옷 뒤집고 하던 이 잡기 놀이

우리 형제들은 저녁마다 속옷을 벗고 뒤집어서 이를 잡았다. 옆에서는 엄마가 속발束髮을 풀어 헤치고 참빗으로 머리털에 붙어 있는 서캐까지 싹싹 훑으셨다. 이는 주로 옷감의 이음새 부분에 잠거潛居하고 있었다. 곰실곰실 움직이는 그 이를 하나씩 찾아낼 때마다 무슨 보물이라도 찾아낸 듯한 즐거움을 느꼈다. 그 이를 양쪽 엄지손톱 사이에 두고 살짝 힘을 가하면 '톡' 하는 소리와 함께 그대로 배가 터져 죽었다. 멸렬해서 형체조차 알아볼 수 없을 정도로 참렬慘烈하게 죽었다.

그 소리는 재미가 있었다. 희열의 순간이 되었다. 마치 목표했던 어떤 대단한 성취를 하고 느끼는 희열도 아니면서 그리 느꼈다. 이 잡는 일은 저녁에 딱히 할 일이 없던 시골에서 최고의 심심 소일거리였다.

흰색 옷에서 흰색의 이를 찾는 일은 쉬운 일이 아니었다. 마치 '숨은그림찾기' 하듯 세세히 살펴보아야 겨우 찾아낼 때도 많았다. 눈에 보일 듯

말 듯 모래 먼지 알처럼 작은 가랑니를 찾는 일은 더욱 어려웠다. 그 가랑니가 옷의 이음새 틈에 숨어 있으면 좀체 찾아내기 어려웠다. 3촉짜리 미광의 백열등 밑에서 두 눈이 무영등이 되었다. 이음새 틈새를 왼쪽으로도 벌려 보고 오른쪽으로도 벌려 보며 샅샅이 뒤졌다. "이 잡듯 뒤진다."는 말이 왜 생겨났는지 알 수 있었다.

그러니 그 찾는 일 또한 즐거움이었다. 매일같이 그렇게 이를 잡았다. 그런데도 이 잡는 일은 주니 나지 않았다. 찾는 즐거움과 배를 터뜨려 죽이는 즐거움이 저녁마다 이를 잡게 했다. 이를 진멸盡滅시켜야 한다는 생각도 없었다. 몸이 무러워서 이를 잡는 일도 딱히 없었다. 늘 이와 함께 생활했으니 이 때문에 소가 비게질할 만큼 근질거린다는 생각은 해 보지 못했다. 사갈시하는 대상도 아니면서 이는 그렇게 구극仇隙[53]이 되었다. 안검상시를 할 대상도 아니면서 나의 즐거움을 더하기 위해 보는 대로 능지처참하는 구극이 되었다.

이를 잡는 일은 놀이이기도 했다. 여러 형제들이 각자 입고 있던 속옷을 벗어서 이를 잡았다. 그렇게 잡은 이를 한곳에 모아서 그 개수를 헤아리며 많이 잡기 경쟁을 했다. 이상하게도 매일같이 그렇게 해도 이는 계속해서 속옷 속에 숨어 있다가 나타났다. 밀물에 사라졌다가 썰물에

---

53 서로 원수처럼 지내는 사이.

나타나는 감풀 같이 매일같이 사라졌다가 다시 나타났다. 이는 보이는 족족 멸살할 수는 있었지만 근멸할 수는 없었다. 서캐는 너무 작아서 도저히 옷 속에서 모두 찾아내서 떼어낼 수가 없었다. 그 서캐는 금방 이가 되었다.

　요즘에는 그동안 절멸해서 우리나라에서 잠종비적했던 것으로 알고 있었던 빈대가 나타나서 야단이다. 언젠가 승천입지했던 이도 다시 등장할 때가 있을지 모르겠다. 어차피 불고이거였으니 슬며시 다시 돌아와서 불기이회할지도 모르겠다. 그때가 오면 옛날처럼 이를 양쪽 엄지손톱 사이에 두고 배를 터뜨려 죽일 수 있을까? 아마도 그리할 수 없을 것 같다. 그렇게 눈도 깜짝 않고 수참慘慘하게 죽일 수는 없을 것 같다. 이를 살지무석이라고 생각했는데 요즘은 나이가 들어서 그런지 눈곱만한 개미도 답살踏殺하지 못할 정도로 미물에게도 연민이 느껴진다. 불인지심이 미물에게도 느껴지니 함부로 하지 못하고 그냥 털어낼 것 같다.
　아니, 동거할 생각을 할지도 모르겠다. 어차피 이는 빈대처럼 사람에게 크게 해를 가하는 불공대천지수도 아니다. 굳이 죽여서 나 때문에 조생모몰한다면 가긍하다는 생각이 들 것 같다. 수억 년 동안 지구상에서 온전히 주인으로 살아왔을 이가 주인행세를 하는 인간들로부터 죽임을 당하여 연멸煙滅하면 애련哀憐하다는 생각도 들 것 같다.

이에 대해 이렇게까지 상도想到할 날이 올 줄은 나도 몰랐다. 내게 이제야 심안心眼이 열리고 있는 것일까?

네 형이 입던 옷인데 너한테도 잘 맞네!

"여보, 일요일에는 옷장 정리 좀 해야겠어요."

"안 입는 옷들은 이참에 다 정리해서 버릴 건 버리고 재활용할 건 모아서 재활용 통 안에 갖다 넣으려 해요."

옷장 안에 처박혀 있던 옷들이 안방에 가득 헤쳐졌다. 버릴 옷은 없는 듯 보였다. 그래도 대부분 안 입는 옷들이라 이참에 다 재활용하고 입을 옷만 몇 벌 골라냈다.

내 어릴 적에는 네 살 위의 형이 입던 점퍼를 두 살 위의 형이 물려 입고, 그다음에 내가 물려 입었다. 점퍼를 입는 순서에서 회두리는 꼭 나였다. 막내인 나였다. 내가 물려 입을 때면 이미 색도 바랬고 많이 닳았다. 개구쟁이로 소문난 형들이 입었던 옷이니 이미 여기저기 해졌고 크고 작은 구멍이 송송 뚫려 있었다. 단물난 뜬게옷이 다 되어 있었다. 늘 모춤했다. 막내인 내가 회두리였으니 부대불소의 점퍼를 입어 본 적이 없었다. 형들이 입던 점퍼이니 덜름한 점퍼를 입어 본 적은 더더욱 없었다. 그래도 따뜻해서 좋았다. 그동안 형들이 이 점퍼를 입고 학교에 다니는 모습이 많이 부러웠었는데, 새 점퍼가 아닌들 아무런 상관이 없었다. 어차피 나는 진솔인 점퍼를 입어본 적이 없었으니 그랬다. 우리 집 살림이 주저롭다는 것을 어린 나도 알고 있었다. 옷 하나라도 조리차해서 형부터 입기 시작해서 내리 나누어 입는 것을 이미 당연한 것으로 생각했다. 일찍 철이 들었던지 다른 친구들이 새 점퍼를 입고 다녀도 부러워하거나 시새우지도 않았다.

동네 아저씨가 말을 건넸다.

"이 점퍼 네 형이 입던 옷인데 너한테도 잘 맞네!"

사실은 나에게는 '군밤 둥우리같이' 많이 큰 옷이었다는 걸 나는 알고 있었다. 윗도리는 청처짐했고 옷소매는 길어서 접고 입어야 했으니까 말이다. 동네 아저씨도 그 사실을 알고 있었을 것이다. 그래도 난 아무렇지도 않았다. 형이 입고 다음에 내가 입는 것이 당연한 줄 알았다. 그렇게 우리 형제들은 일벌 일습도 나눠 입으며 유년을 보냈다. 그렇게 쌓아 온 형제간의 우애가 깊어서일까? 형제들 간에 의초롭게 잘 지냈고 띠

앗머리가 없다는 얘기를 들어본 적이 없다. 주먹으로 싸움질을 한 적은 더더욱 없다.

오늘 재활용한 이 옷들이 누군가에게 요긴하게 쓰였으면 좋겠다. 어릴 적 내가 형들로부터 옷을 물려받으며 입었듯이 궁한 처지에 있는 그 누군가에게 따뜻한 옷이 되었으면 좋겠다.

"여보! 그 점퍼는 재활용 안 하고 그냥 더 입어도 될 것 같아요."
"아니오. 집에 입을 사람 아무도 없어요."

난 이미 그 점퍼를 그냥 재활용 통에 넣고 있었다. 비록 대추[54]이긴 하지만 그 누군가에게 꼭 필요한 옷이 되길 바라며….

---

54 남이 쓰다 물려준 물건.

TV와 지붕 위로 높이 솟은 안테나

1972년에 우리 집에 TV를 들여놓았다. 아버지가 TV를 들여놓겠다고 말씀하신 후 일주일 동안을 수무족도하며 기다렸다. 다리가 넷 달린 흑백 TV가 안방에 떡하니 놓여졌다.

그때에 TV가 있는 집은 우리 동네에서 우리 집이 유일했다. 그러니 날마다 저녁이면 동네 사람들이 우리 집에 모여 TV를 보았다. 김일 선수가 레슬링을 하는 날이면 평소보다 더 많은 사람들이 모여들어 대청마루도 비좁아서 안마당에도 사람들이 꽉 찼었다. 〈여로〉라는 연속극을 하는 날이던 동네 사람들이 모두 모여들 정도였다. 울 엄마는 밤늦도록 TV가 있는 안방 문을 활짝 열어 놓고는 마루에서도 그리고 마당에서도 볼 수 있게 하셨다.

TV에는 지붕 위로 높게 솟구친 안테나가 꼭 필요했다. 안테나 없는

TV는 '불 없는 화로, 딸 없는 사위'였다. 잘 나오던 TV가 갑자기 지지직 거리며 화면이 흔들릴 때가 많았다. 그럴 때면 안테나 방향부터 맞춰야 했다. 박부득이 지붕 위에 올라가서 조금씩 안테나를 돌렸다.

"어때요?"
"조금 더 돌려 봐라."
"그래, 됐다. 그대로 둬라."

TV 안테나는 허우대는 멀쩡하고 근사한데 겉모양과 달리 소졸疏拙해 서 잘 휘어졌고 방향도 잘 틀어졌다. 바람이 불고 나면 조금씩 원래 서 있던 방향에서 틀어졌다. 그 때문에 갑자기 TV 화면이 잘 안 나올 때 가 많았다. 그때마다 나는 지붕 위로 올라가서 하늘 높이 세워진 휘움한 TV 안테나를 잡고 왼쪽과 오른쪽으로 번갈아 가며 힘껏 돌렸다. 안테나 가 워낙 육중해서 나에겐 온 힘을 다해야 겨우 찔끔찔끔 조금씩 움직일 수 있는 아름찬 일이었다. 내가 가벼워서 지붕 위에 올라가도 기와가 깨 질 염려는 없었을 테니까 지붕 위는 꼭 내가 올라갔다. 지붕 위에 올라 갈 때마다 밑으로 떨어질까 봐 무서웠다. 그래도 TV가 잘 나오게 하는 게 먼저라고 생각했다. 안방에서는 내가 안테나를 조금씩 돌릴 때마다 TV가 잘 나오는지 어떤지 큰 소리로 계속 말을 해줬다.

"조금 더 돌려 봐라."

"그래, 됐다. 잘 나온다."

어떤 때는 안테나를 돌려 보아도 TV 화면이 나오질 않는 때가 있었다. 그럴 때마다 누군가가 TV 상자 위를 쿵쿵 두드렸다. 그러면 신기하게도 TV가 잘 나오곤 했다. 그 당시의 TV는 기판에 꼽힌 많은 트랜지스터 부품이 접촉 불량인 경우가 많았다. TV 상자를 두드리면 기판에 정확히 꼽혀 있지 않던 부품이 제대로 접촉이 되어 TV화면이 잘 나왔다.

그렇게 수리공을 부르지 않고 두드리는 것만으로도 고식적 조치가 가능했다.

동네마다 "우리 집에도 TV가 있소."라며 서로 자랑이라도 하듯 입립林立했던 TV 안테나가 헤실바실 사라진 지 꽤 오래되었다. 주등을 보고 선술집임을 알 수 있듯이 당시의 안테나는 TV가 있는 집임을 알게 해주는 표징이 되어 주등 역할을 했다. TV 안테나가 없는 집에서 보는 TV 안테나는 양반집 솟을대문을 볼 때와 같은 위압감을 느꼈다. TV 안테나가 기를 죽이는 역할을 했다.

지금은 TV가 안 나온다고 TV를 두드릴 일도 없다. 필요하면 언제든지 휴대폰으로도 맑은 화면의 TV를 볼 수 있게 되었다. 그래도 나는 손으로 일일이 채널을 돌리고 가끔은 지지직거리며 화면이 흐릿했던 그 시절 TV가 그리워진다. 동네마다 삼립森立했던 TV 안테나가 그리워진다. 아날로그 감성이 그리워서일까?

오늘도 시골뜨기 유년에게 그리움을 띄운다

한밤에 방바닥에 엎어진 요강

재래식 화장실은 집 안에 있는 경우는 드물었다. 대부분 집 밖에 위치해 있었다. 집 안에 있는 경우에도 방에서 한참을 걸어가서 만날 수 있도록 창고 옆이나 울타리 옆에 위치해 있었다. 우리 집도 그랬다. 그 재래식화장실은 겨울이면 엉덩이가 찬 공기를 그대로 맞을 수밖에 없었다. 변기통에서 귀신이 손을 내밀며 "빨간 휴지 줄까? 파란 휴지 줄까?"라며 말을 한다고 어른들이 말했다. 그러니 밤에 화장실을 가는 일은 동구 밖에 있는 상둣도가를 지날 때보다도 더 무서웠다. 금방이라도 손말명이 나타나서 나를 잡아갈 것 같았다. 꼭 손전등을 들고 가야 했다. 형제들 중 누구 하나를 데리고 가야 했다.

이런 문제를 해결해 줄 수 있는 것이 요강이었다. 화장실까지 가지 않고도 오줌을 누거나 급한 경우에는 뒤까지 볼 수 있었다. 그처럼 요긴한 물건은 드물었다. 옛날에도 임금이 쓰던 이동식 화장실인 매화틀이 있었다. 요강은 임금이 사용하던 매화틀보다는 불편했는지는 모르겠으나 그래도 무척 편리했다.

그 요강은 아이만 사용하는 것이 아니고 어른들도 사용했다.

그런데 그 요강은 가끔씩 문제를 일으켰다. 활개똥을 누게 되면 그대로 반사되는 똥물을 엉덩이가 온전히 받아들여야 했다. 그것은 수습 난망이었다.

어두운 방에서 요강까지 찾아가는 일도 문제였다. 방이 비좁아서 요강을 윗목 벽의 굽도리에 바짝 붙여 놓아야 했다. 그때 당시에는 여러 형제들이 같은 방을 쓰면서 한 이불을 덮고 잤기 때문에, 그 이불 위에 볼록하게 보이는 사람의 윤곽을 피해서 요강까지 가야 했다. 불도 켜지 않은 한밤중에 요강까지 다다르는 일에 여간 균형감각과 발기술이 필요한 것이 아니었다.

그날은 내가 잠을 자다가 오줌이 무척 누고 싶었다. 요강이 있는 곳까지 가려는데 균형감각이 부족했는지 아니면 잠결에 몸을 제대로 가누지 못해서 인지는 모르겠다. 그믐칠야漆夜의 한밤중에 발로 훔척훔척 사람의 윤곽을 더듬으며 가다가 몸의 균형을 잃고 요강 가까이에 이르러 그만 넘어졌다. 내 몸뚱어리에 부딪힌 요강이 엎어지고 말았다. 내용물이 그대로 방바닥을 휩쓸며 흘렀다. 한밤중의 혼란은 그대로 아수라장이었다.

요강은 그런 문제가 있었다. 비좁은 방 안에 요강을 둘 수밖에 없었으니 언제든지 그런 일이 일어날 수 있었다.

그 요강을 이제는 박물관에서나 볼 수 있게 되었다.

아침마다 화장실에 요강 물을 버리고 둘둘 만 지푸라기를 수세미 삼아서 샘물로 요강을 깨끗이 씻어 내시던 울 엄마가 생각난다. 울 엄마는 그렇게 요강을 가심질하는 일로 하루를 시작하셨다.

허기를 달래주던 까마중

시골의 길옆에는 늘 까마중이 있었다. 그것도 군락을 지어 있었다. 숙근초가 아니고 한해살이풀이어서 늘 같은 곳에서만 있는 것이 아니었다. 생각지도 못한 곳에서 까마중 군락지를 발견하는 경우도 많았다. 먹을 것이 귀했고 끼니를 거르는 일이 낯설지 않았던 어린 시절에 그 까마중 열매는 허기를 달래줄 수 있는 몇 안 되는 요긴한 천연 군입정질 거리였다.

"제비는 작아도 강남을 간다."고 했는데 까마중 열매는 아이들이 들에서 언제든 찾아 먹을 수 있어서 아이들을 위한 시과時果 노릇을 톡톡히 했다. 소 풀 뜯기기를 하다가도, 힘든 농사일을 하다가도, 허출할 때에는 언제든 까마중 열매로 마침맞게 허기를 달랠 수 있었다. "허물이 커야 고름이 많다."고 했는데 까마중 열매는 쥐눈이 콩알만큼 작아서 충분한 요깃거리는 되지 않았다. 열매 몇 개를 먹어 보았자 간에 기별도 가지 않았다. 그래도 여러 개의 열매를 한 움큼 모아서 입안에 한 번에 털어 넣으면 초름했지만 입매할 수 있을 정도의 얼요기 간식거리가 되었다. 그래도 허핍虛乏을 달래줄 정도의 시과時果는 되지 못했다.

까마중 열매는 검게 잘 익었을 때 먹어야 달착지근한 맛이 나는 가과佳果가 되었다. "개동참외는 먼저 맡는 이가 임자라."고 너도나도 검게 익은 까마중 열매를 찾아서 먹으려고 하는 바람에, 새까맣게 난숙한 열매를 찾는 일은 쉽지가 않았다. 열매가 검게 될 때까지 기다렸다가는 다른 사람이 먼저 따먹을 수 있었다. 그러니 열매가 완전히 검게 되기 전에 검은색을 막 띠기 시작하면 그냥 따먹는 경우가 많았다. 성격이 느긋하거나 우통하면 그런 까마중마저 차지하기 어려웠다.

까마중 열매는 땅을 향해 고개를 숙인 채 한 송아리에 콩알만 한 크기로 조랑조랑 여러 개가 숙수그레하게 무리 지어 열렸다. 그 모습이 질박하기도 하고 촌스럽기까지도 했다. 무리가 함께 검게 익는 경우가 대부분이지만 간혹 한 송아리에 있는 열매라도 한두 개가 다른 열매보다 일찍 익는 경우가 있었다. 그렇게 해서 검게 익은 열매는 다른 푸른 열매 무리 틈에 숨어 있었다. 밖에서 볼 때에 푸르게 보이는 열매라도 열매 하나하나 '참빗으로 훑듯' 샅샅이 헤쳐 가며 검은색을 띠고 있는 열매가 숨어 있는지를 찾아가며 따먹어야 했다. 검게 익은 열매가 '가물에 콩 나듯' 나타났다. 그 일도 재미가 있었다.

열매는 오롱조롱하지 않고 크기가 고만고만했다. "조밥에도 큰 덩이 작은 덩이가 있다."고 까마중 열매도 간혹 유독 큰 놈이 눈에 띄었다. 그런 놈을 볼 때는 보리밥에 섞여 있는 쌀밥 알을 보는 것처럼 기분이 좋았다. 어떤 때는 검은색이 돌기도 전에 따먹는 경우도 있었다. 그런 때에는 특유의 쌉싸래하고 매콤한 맛이 혀를 얼얼하게 하기도 했다.

어릴 적 우리 집 안에는 터앝이 있었다. 집치레를 하기 위한 터앝은 아니었다. 집 가까이 따로 채마 밭이 있는 것이 아니어서 가지. 상추, 고추, 오이 등의 식재료용 채소를 손쉽게 구할 수 있게 만든 터앝이었다. 그곳에서도 언제인지 모르게 까마중이 자라나서 열매를 맺기 시작했다. 까마중은 원래 잡초라서 뉘반지기에서 뉘를 골라내듯 터앝에서 이미 뽑혀 나갔어야 했다. 그런데 웬일인지 열매를 맺을 때까지 온전히 살아 있었다. 그 까마중 열매에 대한 경쟁은 더 치열했다. 형제들 간의 경쟁이었다. 노랑 저고리에 흰색 치마를 입은 부용자처럼 예쁘고 깔끔한 맵시를 뽐내고 있는 사랑오운 까마중꽃은 슬프게도 눈길조차 주지 않았다. 이슬로 청재淸齋해서 눈부시도록 아름다운데도 매정하게 무시해 버렸다. 슬프게도 아결雅潔한 여인이 바람맞은 꼴이 되었다. 오직 열매에 대한 경쟁이었다.

아침마다 맑은 이슬을 머금고 있는 까마중 열매를 따 먹는 일은 최고의 즐거움 중의 하나였다. 잔입에 먹는 까마중 열매는 더 맛있었다. 다른 형제들도 나와 마찬가지로 생각했다. 당연히 아침마다 까마중 열매를 차지하기 위한 경쟁이 치열할 수밖에 없었다. 터앝의 까마중 열매를 먹을 때에는 열매가 검은색을 띨 때 따 먹는 경우는 없었다. 다른 형제들이 따먹기 전에 먹어야 했으니 온전히 검게 농익을 때까지 정이사지 하다가는 나에게 기회가 올 리 만무했기 때문이었다. 설익은 까마중 열매조차 서로 발견하려고 '병자년 까마귀 빈 뒷간 들여다보듯' 했으니 터앝의 설익은 까마중 열매조차도 춘한노건이었다.

그동안 코빼기도 볼 수 없었던 그 까마중을 아내와 산책하는 길섶에서 우연히 발견했다. 아주 오랜만의 불기이회였지만 대번에 까마중임을 알 수 있었다. 타지에서 숙면熟面인 고향 사람을 만난 것처럼 '코허리가 실' 정도로 반가웠다. 아내는 도시에서 나고 자라서 까마중이 무엇인지도 모르고 있었다.

"여보, 이 열매 어릴 적에 보고 정말 오랜만에 보는 열매인데 먹으면 맛있어요."
"그래요? 색깔은 거무튀튀해서 맛있어 보이지는 않네요."

아내는 유난히 검게 농익은 까마중 열매 두세 개를 입에 넣고는 맛있다고 했다. 나는 아내에게 장난을 하고 싶다는 생각에 더 많은 까마중 열매를 아내에게 골라 주었다. 그리고 아내에게 말했다.

"여보 당신 혀도 입술도 새까맣게 되었어요. 색이 없어지려면 아마 한 달은 걸릴걸요?"

"네?"

병아리 주둥이만큼 작고 사뜻한 까마중꽃을 보고 앙증맞고 예쁘다고 말하던 아내가 화들짝 놀란다.

벽에 붙여놓고 다시 씹는 껌딱지

먹을 것이 귀하던 시절이었다. 간식거리는 더더욱 귀했다. 껌은 그 시절의 안성맞춤 주전부리 거리였다. 일부러 삼키지 않는 한 한번 씹기 시작하면 하루 종일 씹을 수 있었고 껌의 양도 줄지 않아서 좋았다. 옆에서 형제 중에 껌을 씹는 일이 있으면 한 번만 씹게 해 달라고 조르기 일쑤였다. 껌의 단맛은 초두로처럼 금방 없어졌기 때문에 나중에 씹게 해 보아야 껌에서 나오는 그 달착지근한 맛을 느낄 수 없었다. 그래서 껌의 단물이 빠지기 전에 씹게 해 달라고 졸라야 했다.

저녁엔 씹던 껌을 안방 벽에 붙여 놓고 잠을 자고 아침에 그 껌딱지를 다시 떼어 내서 씹었다. 당연히 벽지에는 여기저기 염적染跡이 생겼다. 껌에는 분명히 껌을 버릴 때 싸서 버릴 수 있게끔 은박지 종이가 있었는데도, 그 은박지에 씹던 껌을 보관했다가 다시 씹을 생각은 하지 않았다. 왜 그랬는지 지금도 알지 못하겠다. 당연히 벽이 씹던 껌딱지 보관

장소라고만 생각했다.

찾기 쉬워서였을까?

아니면 떼기 쉬워서였을까?

둘 다 맞을지도 모르겠다.

껌을 씹다가 그대로 잠을 자는 날에는 입안에서 슬쩍 빠져나온 껌이 요와 머리카락에 달라붙은 채 어지럽게 뒤엉켜 있는 경우도 있었다. 그럴 때는 머리카락을 가위로 잘라 내야 했다.

벽에 붙여놓은 껌딱지를 떼어 낼 때에는 벽지와 함께 껌딱지가 떨어졌다. 그래도 대충 벽지 조각을 껌딱지에서 떼어 내고 종이가 섞여 있는 채로 씹었다. 벽지도 껌딱지 떼어 낼 때에 같이 떼어진 흔적으로 여기저기 제 무늬를 잃어가고 있었다.

여러 형제들이 그렇게 껌을 벽에 붙여 놓았다가 씹는 바람에 벽지 여기저기에 붙어 있는 껌딱지가 누구의 껌딱지인지 알 수 없는 경우도 많았다. 그런 경우는 아무 껌딱지나 떼어서 씹기도 했다. 전날어 오래도록 씹던 껌이니 그야말로 견설고골이었다. 색깔도 거무튀튀해지고 구드러져서 뿌덕뿌덕했다. 한참을 울근울근 볼각볼각 씹어도 마닐마닐해지질 않았다.

그래도 껌딱지를 다시 떼어내서 씹는 일이 즐거웠다. 덴덕스럽다는 생각은 하지도 않았다. 마치 유아가 공갈 젖꼭지를 물고는 평화를 얻는 그 심정이었을지도 모르겠다.

그토록 스중한 껌이었으니 그 당시에는 손님이 오면 으레 선물로 껌을 사 오는 경우가 많았다. 그래서 손님이 오는 날은 그 손님이 좋아서라기보다도 선물로 내어주는 껌을 받고 싶어서 손님이 오는 것을 기다렸고 좋아했다.

그러던 언젠가 풍선껌이 나왔다. 입으로 풍선을 불다가 터지면서 콧등에 찰싹하고 달라붙은 껌을 혀로 쓱쓱 비벼서 입안으로 집어넣고는 다시 풍선을 불었다. 얼마만큼 더 크게 풍선을 불 수 있는지 조마조마하게 지켜보는 일도 재밌었다.

아버지의 막걸리 심부를 하면서 남은 잔돈으로 풍선껌을 샀는데 아무리 해도 풍선을 불 수 없었다. 누나가 "입안에서 껌을 납작하게 한 다음에 혀로 '요렇게 요렇게' 해보라."고 일러 주었다. 일러준 대로 해도 풍선이 불어지지 않았다. 아마도 처음 풍선을 불 때까지 며칠이 걸렸던 것 같다.

풍선껌이 나오고부터는 다른 껌의 인기가 수그러들었다. 우리 집에 오는 손님이 풍선껌이 아닌 다른 종류의 껌을 사 오면 괜히 시뻐하기도 했다.

그래도 어떤 껌이든지 간에 나는 씹을 수 있는 껌이 있으면 행복했다. 주전부리가 풍족하지 않았던 어린 시절이었으니 어떤 껌이든지 간에, 그것이 며칠씩 벽에 붙였다가 떼어서 씹는 껌일지라도 나는 씹을 수 있는 껌이 있으면 행복했다.

뒤처리용 습자지 달력 화장지

내 어릴 적에 화장실에서 뒤를 보고 뒤처리를 할 때에는 신문지나 책 종이를 사용했다. 화장실 안에는 신문지나 책 종이를 네모나게 오려서 철삿줄에 꿰어서는 화장실 벽에 걸어두었었다. 그런데 그 신문지나 책 종이보다도 사랑받은 것이 있었다. 바로 괘력掛曆[55] 습자지다.

신문지나 책 종이는 엠보싱이 되어 있지 않아서 그대로 뒤처리하기에는 부족했다. 그래서 그 신문지나 책 종이를 양손 사이에 두고 꾸기적꾸기적 동그랗게 오므렸다가 펴서 사용했다. 그러면 하르르한 습자지도 엠보싱을 한 지금의 화장지처럼 부드러운 뒤처리 용지가 되었다. 습자지는 괭할 정도로 얇았지만 아버지가 그 습자지를 꼬아서 철끈을 만들 정도로 잘 찢어지지도 않았다. 습자지가 사랑받은 이유였다.

---

[55] 벽이나 기둥에 걸어 놓고 보는 일력이나 달력.

시골에서는 습자지를 쉽게 구할 수 있었다. 바로 일력日曆이었다. 연말 연초가 되면 시내 상점, 특히 농약이나 각종 씨앗 등을 파는 종묘상에서 일력을 나누어 주곤 했다. 그 일력이 주로 습자지로 만들어졌었다. 그 습자지는 한 장에 날짜 하나씩 인쇄되어 있어서 매일 날짜가 바뀔 때마다 한 장씩 찢어야 했다. 그 찢은 습자지 일력이 뒤처리하는데 마침가락이었다.

경라輕羅처럼 보들보들한 습자지는 내가 최고로 상찬賞讚하던 뒤처리 용품이었다. 어떤 때는 식구들이 서로 그 습자지를 차지하고 싶어서 날짜와 상관없이 한 장씩 뜯어가는 바람에 일력은 아직 오지도 않은 날짜를 표시하고 있는 경우가 많았다. 그러니 습자지 일력이 표시하고 있는 날짜는 으레 진짜 날짜가 아닐 것이라는 생각을 하는 것이 당연하기도 했다.

습자지 일력의 날짜를 믿지 않았다.

비데가 보편화된 지금 세상에서는 습자지로 뒤처리를 하려고 해도 어색할 것 같다. 아무튼 그때에는 뒤처리용으로 얄브스름한 습자지가 최고의 인기를 누렸다.

5장

동네를 주름잡던
골목 개구쟁이

집에 오는 길에 난 늘 오리주둥이처럼 생긴 주전자 주둥이에 입을 갖다 댔다. 살짝 막걸리 한 모금 풋술을 마셨다. 언젠가 모내기하던 날 새참 때에 어른들이 드시다 남긴 막걸리를 처음 맛본 적이 있었다. 그 맛이 싫지 않았다.

아버지 손님 오는 날은 풋술 마시는 날

"오늘은 누가 오셨니?"

내가 주전자를 들고 들어서면 등이 활처럼 굽은 할머니는 늘 그렇게 물으셨다.

"네, 할머니. 오늘은요 우리 담임선생님이 오셨어요."

아버지는 손님이 찾아오면 꼭 나를 찾으셨다. 심부름 순서가 당차當次 해서 나를 찾으시는 게 아니었다. 다른 형제들이 옆에 같이 있어도 다른 형제들에게 섞바꾸며 겨끔내기로 심부름을 시키시는 경우도 없었다. 난 아직도 그 이유를 모르겠다. 빛바랜 찌그러진 노란 주전자를 내 손에 쥐여 주시며 "얼른 가서 막걸리 두 되 받아 오라."고 하셨다. 울 엄마가 술을 좋아하시는 아버지를 위해 빚어 놓은 가양주家釀酒[56]가 남아 있어도 마찬가지셨다.

가양주는 어차피 객주客酒도 아니었지만 손님에게 내놓을 정도의 가주佳酒로 여기지 않아서 그러신 것 같았다.

손님맞이는 꼭 막걸리 대작이셨다. 막걸리 없이 손님을 맞으신 기억이 없다. 안주는 풋고추와 두껍고 길게 썬 오이 그리고 고추장 정도가 전부였다. 말 그대로 비강粃糠[57]으로 준비한 조효粗肴[58]였다. 그게 빈례賓禮를 위한 손님 술상으로는 우리 집에서 할 수 있는 주지육림 버금가는 대탁大卓[59]이었다. 물론 울 엄마가 그렇게 준비해 주셨다.

신작로 가에 뿌연 먼지를 뒤집어쓴 작은 초가 오두막집이 있었다. 내가 갈 목적지였다. 자동차가 일으키는 먼지를 온종일 오롯이 뒤집어쓰고 있는 외주물집[60]이었다. 미닫이문에 달려 있는 창경窓鏡에도 오래된 흙먼지 더께가 유리창의 기능을 빼앗은 지도 오래된 오두막집이었다.

---

56 집에서 빚은 술.
57 변변치 못한 음식을 이르는 말.
58 변변치 않은 안주를 이르는 말.
59 남을 대접하기 위하여 썩 잘 차린 음식상.
60 마당이 없이 길가에 바싹 붙여지어서 길 밖에서도 안이 들여다보이는 작고 허술한 집.

손가락 끝으로 살짝 문질러 보아야지만 겨우 지워진 먼지 자국 너머로 흐릿하게 안을 들여다볼 수 있었다. 오래도록 지붕 갈이를 하지 않아 초가지붕이 검게 삭아 있었다. 우리 동네에 하나밖에 없는 구멍가게였다. 눈깔사탕도 팔고 막걸리도 팔았다. 그리고 그곳에는 늘 나이 지긋하신 동네 어른들 여럿이 둥그런 양철로 된 탁자에 둘러앉아서 감취酣醉해서 얼굴이 붉게 물든 채로 시끌벅적하게 술을 드시고 계셨다. 매일 같이 술추렴을 하며 술 도리기를 하는 것 같았다. 손님이 올 때를 빼고는 농사일을 하면서 참 대신에 홀로 술을 드시는 우리 아버지와는 달리 오직 취흥과 취향醉鄕을 위해 감음酣飮하시는 것 같았다.

할머니는 나를 보자마자 "오늘은 누가 오셨니?"라고 물으며 내가 들고 온 노란 두 되짜리 주전자를 받아 쥐셨다. 가게 안의 맨바닥 아래 땅속에는 커다란 옹기로 만든 독이 있었다. 나무 뚜껑으로 닫힌 그 독 안에는 늘 막걸리가 반쯤 채워져 있었다. 몸이 반쯤 접힌 등 굽은 할머니는 몸을 거의 독에 밀어 넣고서 기역자 모양의 나무 뒷박을 위아래로 몇 번 휘젓휘젓 저으셨다.

그때마다 꼭 미꾸라지가 온몸을 뒤척이며 논바닥에 흙탕물을 일으킬 때처럼 뿌연 흙탕물 같은 술지게미 침전물이 회오리치듯 소쿠라지며 밑에서부터 위로 솟아 올라왔다. 잠몰潛沒했던 침전물이 섞이면서 이내 위아랫물졌던 막걸리가 고르게 하나가 되었다. 꼭 그런 후에 막걸리를 푸섰다. 그런 다음에 내가 가져간 노란색 주전자, 닳아서 여기저기에 하얗게 변해버린 주전자에 옮겨 담으셨다. 신기하게도 그렇게 담은 막걸리는 딱 한 번에 주전자에 가득 찼고 두 되가 되었다. 나우 달라고 해도 더 담아줄 수가 없었다.

"오늘은 눈깔사탕을 사 먹어야지!"

아버지의 막걸리 심부름은 늘 외상이었다. 할머니가 달아놓은 외상값은 모두 주채酒債였다. 외상값은 짜뜰름짜뜰름 갚았기 때문에 그 주채는 언제나 남아 있었다. 탈채脫債를 한 적은 없었다. 할머니가 "오늘도 달아 놓으시라던?" 하시면 나는 풀이 죽어 "네."라고 대답을 하곤 했다. 눈깔사탕이 먹고 싶어도 사 먹을 수 없었다. 아버지의 주채가 많이 남아 있다는 것을 나는 알고 있었다. "부잣집 외상보다 비렁뱅이 맞돈이 좋다."고 했는데 아무래도 할머니가 외상을 달가워하지 않으실 것 같았다.

오늘은 돈을 들고 왔으니까 남는 돈으로 눈깔사탕을 사 먹어도 될 것 같았다. 물실호기해야 될 것 같았다. 오늘 사 먹지 않으면 또 언제 사 먹을 기회가 올지 몰랐다.

"할머니, 눈깔사탕 주세요."

집에 오는 길에 난 늘 오리주둥이처럼 생긴 주전자 주둥이에 입을 갖다 댔다. 살짝 막걸리 한 모금 풋술을 마셨다. 언젠가 모내기하던 날 새참 때에 어른들이 드시다 남긴 막걸리를 처음 맛본 적이 있었다. 그 맛이 싫지 않았다. 이상하게도 또 마시고 싶었다. 어차피 아버지는 주전자에 술이 얼마만큼 담겼는지 확인하기 위해 주전자 뚜껑을 열어보신 적이 없었다. 그런데 그날은 그래선 안 될 것 같았다. 선생님은 내가 막걸리를 마시면 다 아실 것 같았다.

언젠가 방과 후에 신작로에서 한참 떨어진 곳에서 친구들과 놀고 있었다. 다음날에 선생님은 내가 그곳에서 놀고 있었다는 사실을 정확히 알고 계셨다. 그것도 자전거로 늘 앞만 보며 빠르게 달리시는 선생님이신데 정확히 알고 계셨다. 어떻게 알고 계셨는지 나는 알 수 없었다. 그 이후로 나는 선생님은 모든 것을 알고 계시는 전능하신 분이라고 생각했다. 그러니 조금이라도 막걸리를 마신다면 선생님은 금방 아실 것이라고 생각했다. 막걸리를 마시고도 생청을 붙이면 금방 아실 것 같았다.

"선생님, 드시지요."

그날도 역시 아버지는 내가 받아온 주전자 뚜껑을 열어보지도 않고 선생님 앞에 미리 놓여 있던 코발트색의 3색 줄이 그어진 대폿잔 사발에 막걸리를 따르셨다. 그렇게 대폿잔을 주거니 받거니 하며 대폿술을 드셨다. 농탁濃濁한 막걸리 대폿술은 아버지가 대접할 수 있는 최고의 미주美酒이고 방순芳醇[61]이었다.

  나는 내 아들이 어릴 적에는 구멍가게 심부름을 시킨 적이 없다. 심부름 갔다 오면서 막걸리 훔쳐 마시는 기쁨(?)이야 세상이 바뀌어서 어쩔 수 없이 누릴 수 없다지만, 눈깔사탕을 사 먹는 기쁨조차 느껴보지 못한 것이다.

  손자가 태어나면 구멍가게 심부름을 시켜보아야겠다. 알사탕 몇 알 사 먹을 수 있는 잔돈 여유가 있게 말이다. 그러면 손자도 그때의 나의 기쁨을 맛볼 수 있겠지?

---

61 향기롭고 맛이 좋은 술.

까치야 까치야 헌 이빨 줄게 새 이빨 다오

"아야!"

"아이고! 이놈의 이빨이 왜 이렇게 안 빠져!"

엄마는 몇 번이고 하얀 무명실 줄로 내 아픈 이빨을 묶어서 뽑아내려고 시도를 해보셨지만 매번 헛수고였다. 할머니가 들어오시더니 엄마가 들고 있던 한쪽 실 끝을 안방 안쪽 문고리에 묶으셨다. 나에게 눈을 감으라고 하셨다. 그러고는 밖의 문고리를 잡으시고 순식간에 문을 열어젖히셨다.

"아야!"

돌차간에 이빨이 뽑혀 한쪽 실 끝에 매달려 있었다. 얼얼하고 부대낌이 없는 혓바닥 감각으로도 이빨이 빠졌음을 금방 알 수 있었다. 할머니가 말씀하셨다. "이 이빨 들고 가서 '까치야 까치야 헌 이빨 줄게 새 이빨 다오.'를 세 번 말하고 지붕 위에 잘 던져라. 그래야 새 이빨이 나온단다."

"까치야 까치야 헌 이빨 줄게 새 이빨 다오."
"까치야 까치야 헌 이빨 줄게 새 이빨 다오."
"까치야 까치야 헌 이빨 줄게 새 이빨 다오."

있는 힘껏 지붕 위로 이빨을 던졌다. 그래야 새 이빨이 나온댔으니까. 이빨은 지붕 위에 닿기도 전에 바로 앞에 굴러 떨어졌다.

"아이고! 이젠 내 이빨 안 나오겠네!"

나는 망창汒蒼해서 떨어진 이빨을 바라만 볼 뿐 어쩔 줄을 몰라 했다. 꽃씨가 탁갑坼甲하듯 이내 까치가 가져다준 하얀 이빨이 잇몸을 뚫고 나와야 하는데 그리되지 않을 거라 생각했다.

"집어 들고 다시 지붕 위로 던지거라. 그러면 된다."
"그래, 이젠 됐다. 이젠 지붕 위로 잘 던져졌으니 새 이빨이 나올 거다."
지켜보고 계시던 울 엄마가 말씀하셨다.

내일이면 친구들이 '이빨 빠진 중강새'라고 놀릴 것이 뻔했다.

"앞니 빠진 중강새 우물곁에 가지 마라. 붕어 새끼 놀랜다. 잉어 새끼
놀랜다. 앞니 빠진 중강새 닭장 곁에 가지 마라. 암탉한테 채일라. 수탉
한테 채일라. 앞니 빠진 중강새 우물곁에 가지마라. 붕어 새끼 놀랜다.
잉어 새끼 놀랜다."

역시나 친구들은 노래를 부르며 나를 놀렸다.

친구도 이미 중강새였다. 빠진 이빨이 금세 나오는 것이 아니니 너도
나도 중강새였다. 나도 따라 부르며 친구를 놀렸다. 모두가 중강새였으
니 중강새 느래를 하며 서로가 아가사창이라고 우긴들 즐거움만 배가되
었다. 우리는 그렇게 서로 깔깔거리고 웃으며 중강새 노래를 불렀다. 별
쭝나지 않은 친구들도 그렇게 노래를 불렀다. 중강새 노래는 심술心術패
기의 노래ㅜ 아니었다. 누구든 서로서로 만수받이[62]하며 그렇게 노래를
불렀다. 이빨 빠진 친구를 보고 중강새 노래를 부르는 일은 이미 악희惡
戱나 조희調戱가 아니고 대보름날 아침의 '더위팔기'처럼 소희笑戱였다.
아무도 분대질이나 용골때질로 생각하지 않았다. 대보름날 아침에 불시
에 더위를 팔았다고 다툼질을 하지 않듯, 중강새라고 놀린다고 종주먹

---

62 굿을 할 때, 한 무당이 소리를 하면 다른 사람들이 따라서 같은 소리를 받아
   하는 일.

을 쥐고 달려드는 친구는 없었다. 악다구니할 일이 아니었다. 중강새라며 놀린들 깔깔거리는 웃음만 연해연방連해連放 터졌다.

아들이 울어댄다. 실에 묶어 이빨을 빼려다 연신 실패하고 있으니 안 아플 리가 없었다.

"여보 이리 주세요."

내가 시도해 본다.
역시 실패다.
이빨을 뽑아야 하는데 나도 아내도 아들이 아파할 것 같아서 차마 힘 있게 당기질 못하고 있었다. 여러 번 시도하고도 내 이빨을 뽑지 못한 그때 울 엄마도 마찬가지셨을 것이다. 자식에 대한 사랑은 다 똑같을 테니까!

내일 아침 일찍 아들을 데리고 치과에 다녀오기로 했다. 세상이 바뀌었는데 군이 습연襲沿하며 실에 묶어 이빨을 뽑을 이유는 없지 않은가?

새로 꿰맨 이불 위에서 나비잠 자는 아이

아내가 침대 이불을 캐시미어 이불로 새로 갈아 주었다. 푹신하다. 그 때 그 느낌이 이러했을까? 아닐 것이다. 어림도 없었을 것이다.

엄마는 뭉쳐진 솜을 잘게 찢어서 가느다란 나뭇가지로 살살 두드리며 솜을 트셨다. 그런 다음 흰색 속싸개에 솜을 넣고는 붉은색 호청을 꿰 매고 계셨다. 나는 다 꿰매지도 않은 이불 한가운데로 들어가서 이리 구 르고 저리 구르며 헤살을 놓았다. 내 몸을 파묻을 정도로 두터운 솜이불 위에 누우면 눈 속에 누워 있는 것처럼 너무 푹신하고 안온했다. 세상 어디에도 없는 안락함이었다.

"저리 비켜라. 성가시게 하지 말고."

나의 씨양이질로 인해 '터진 방앗공이에 보리알 끼듯' 뜻밖에 하리 들린 엄마는 성가시게 굴지 마라며 연신 이불 위에서 내려오라고 하셨다. 그래도 나는 내려올 생각을 하지 않았다. 너무 푹신하고 좋았으니까.

　엄마가 나를 깨우셨다. 바느질로 호청을 다 꿰매실 때까지 나는 세상 처음 느껴보는 안락함에 그대로 엄마가 바느질 중인 솜이불 위에서 잠이 들었었다. 아마도 나비잠과 귀잠을 잤을 것이다.

　나는 지금껏 그렇게 포근하고 안락한 기분을 느껴본 적이 없다. 엄마의 두터운 솜이불은 엄마의 자궁이었으리라. 보드라운 억만 송이 새품 꽃잎으로 채워진 엄마의 자궁이었으리라. 광관光冠이 달을 품듯 나는 달이 되어 엄마의 광관 속에서 안온했으리라. 그러니 그런 기분을 느껴볼 기회는 앞으로도 없을 것이다. 내가 엄마 자궁 안에 다시 들어갈 수는 없을 테니까! 내게 부대끼는 것이라고는 오직 내 살결도 아프게 하지 못했던 양수뿐인 그런 안온하고 포근한 나만의 세상은 영원히 없을 테니까!

　아내가 새로 갈아 준 이불 위에 누워보았다.

　푹신했다.

　엄마가 붉은색 호청을 꿰매고 계실 때 이불 위에 누운 것처럼 포근했다.

　초저녁부터 나도 모르게 잠이 들었다.

쥐불놀이 하면 오줌싼다!

TV를 켠다.

"내일은 정월대보름입니다. 전국 곳곳에서 '달집태우기' 대보름 행사가 준비 중입니다."

아나운서 멘트를 듣고 문득 잠시 생각에 잠긴다.

우리 동네 근처에 미군 부대가 있었다. 미군들이 간혹 트럭을 타고 가면서 먹고 버린 통조림 깡통을 신작로 가장자리에 있는 도랑에서 쉽게 주울 수 있었다. 대못으로 빈 깡통에 구멍을 성기게 뚫은 다음에 창고에서 녹슨 채 구석에 처박혀 있어 '터진 꽈리 보듯' 했던 헌 철삿줄을 찾아 연결하면 대보름 쥐불놀이 준비는 끝이었다. 쥐불놀이 깡통은 건목이었다. 그렇게 쉽게 거충거충 쥐불놀이할 깡통을 만들 수 있어서 작년에 쓰던 깡통을 따로 갈무리해 놓진 않았다. 쥐불놀이가 나의 빠지지 않는 과년課年 행사라는 것을 알면서도 그랬다. 작년에 쓰던 깡통은 이미 엿으로 바꾸어 먹은 지 오래였다.

둥근 옥륜玉輪[63]이 산 너머에서 밝게 얼굴을 내밀면 빈 깡통에 철사 줄을 매달아 알불을 넣고 휘휘 돌렸다. 알불이 불잉걸이 될 때쯤이면 철사 줄을 놓아 저만치 날려 보냈다. 깡통 불잉걸에서 흩어져 쏟아져 내리는 불똥은 옥륜 불잉걸이 부서져 흩어지는 비화飛火가 되었다. 그 비화飛火는 이내 봄바람에 흩날리는 비화飛花가 되어 연신 어둠을 침식侵蝕하며 쏟아져 내렸다. 사방에 빈분繽粉하는 비화飛花는 오래도록 나를 고혹蠱惑케 했다. 비화飛火 불똥 덕분에 논두렁에 성기게 남아 있던 마른 풀잎마저 홀라당 다 타버렸다. 내 겨울옷 점퍼에도 불똥 흔적이 주근깨가 되어 여기저기 검은 구멍이 송송했다. 나만 개구지고 시망스러워서 그런 것도 아니었다. 대보름날이면 동네 아이들은 너나 할 것 없이 쥐불놀이를 해서 나처럼 옷에 구멍이 송송했다.

쥐불놀이는 빠지지 않는 동네 아이들의 과년課年 행사여서 그랬다.

겨우내 움츠렸던 몸과 마음을 원 없이 소창消暢할 수 있어서 그랬다.

옥륜 불잉걸에서 흩어져 쏟아져 내리는 비화飛火 불똥 장관을 보려고

---

63 '달'을 아름답게 이르는 말.

일 년을 기다려서 그랬다.

내년 대보름까지는 새로 1년을 기다려야 하니 밤새 더 많은 불똥을 쏟아내려고 그랬다.

쥐불놀이를 하느라 저녁 늦게 집에 들어가면 엄마는 늘 "불장난하면 오줌을 싼다."고 말씀하시며 일찍 집에 들어오라고 하셨다. 그래도 쥐불놀이하는 것을 못 하게 하진 않으셨다. 그런데 정말로 쥐불놀이를 하느라 밤늦게 잠을 잔 어느 날 난 오줌을 싼 적이 있다. 엄마는 나에게 키를 쓰고 가서 소금을 얻어오라는 말씀을 하진 않으셨지만 쥐불놀이 때문에 오줌을 싼 것이라고 혼꾸멍내셨다. 엄마 말씀을 듣지 않고 불장난을 해서 오줌을 싼 것이니 횡장삼척이었다. 그 이후로 나는 쥐불놀이를 하면 오줌을 싸는 것이 맞는다고 생각해 더는 하지 않았다.

다시 TV에서 아나운서 멘트가 나온다.

"대보름 쥐불놀이는 산불 위험이 있으니 삼가 해 주시기 바랍니다."

속으로 나는 아나운서 멘트에 멘트 하나를 더 추가하며 웃는다.

"쥐불놀이하면 오줌 쌉니다. 어린이는 쥐불놀이하지 마시기 바랍니다."

쇠꼬리 털로 만든 매미 잡이 올가미

동네 형이 아름드리 버드나무 위를 슬금슬금 기어 올라가서 금방 매미를 잡았다. 쇠꼬리 털을 뽑아서 올가미를 만든 다음 꼬장꼬장한 긴 막대기 끄트머리에 매달아 그 올가미로 매미를 잡았다.

나는 많은 매미를 잡고 싶었지만 도저히 잡을 수가 없었다. 내가 매미 잡기에 졸拙해서 그런 줄만 알았다. 그런데 그게 아니었다. "개장수도 올가미가 있어야 한다."고 역시 도구가 문제였다는 것을 그때 알았다. 매나니로 매미를 잡을 수 있는 게 아니었다. 동네 형이 쇠꼬리 털 올가미로 매미를 잡는다는 사실을 뒤늦게 깨달은 나도 이제 많은 매미를 잡을 수 있을 것 같았다. 매미 올가미를 만들고 싶었다. 매미 올가미만 있으면 여름 내내 심심파적破寂으로 언제든지 매미를 잡을 수 있을 것 같았다.

말뚝에 매여 있는 소는 많았다. 꼬리털이 끽긴喫緊했지만 어떻게 꼬리털을 뽑을지가 문제였다. 풀밭에 매어 놓은 우리 집 암소의 꼬리털을 뽑기로 했다. 외양간에는 늘 쇠똥이 범벅이었다. 외양간에서 꼬리털을 뽑으려면 신발이 더러워질 것 같았다. 그래서 밖에 매여 있을 때 뽑기로 했다.

나는 가끔씩 우리 집 소를 데리고 밖에 나가서 풀을 뜯어 먹게 한 적이 있었다. 어린 나이였지만 아버지가 그리 시키셨다. 그 때문인지 나를 알아보는 우리 집 소는 아무런 경계도 없이 풀을 뜯고 있었다. 그래도 겁이 났다. 언젠가 소 풀 뜯기기를 할 때 뿔을 들이대며 나를 받았던 일이 생각났기 때문이었다. 우걱뿔이 소여서 다행이었지만 고추뿔이 소였으면 죽었을 수도 있었다고 생각했었다.

이번에는 쇠뿔에 받힐 걱정보다는 뒷발에 채일 수 있다는 생각으로 무서웠다. 소의 뒷발질은 막능당이었다. 더구나 우리 집 소는 뒷발질을 잘해서 잘못하면 내가 죽을 수도 있다고 생각했다. 그래도 형들처럼 매미 올가미를 꼭 만들고 싶었다. 내가 손으로 직접 쇠꼬리 털을 뽑는 방법 말고는 다른 방법을 안출案出해 낼 수 없었다. 무서웠지만 뒷발질할 기회만 주지 않으면 될 것 같았다.

나는 소가 좋아하는 풀을 한 움큼 뜯어서 소머리 앞에 던져주고는 풀을 먹는 동안에 잽싸게 소 뒤로 갔다. 왼손으로 쇠꼬리를 잡고 오른손으로 대충 털 몇 가닥 잡고 휙 잡아당겼다. 소가 뒷발을 움찔해서 더럭 수

꿀했지만 그뿐이었다. 그렇게 관두關頭[64]를 넘겼다. 가슴이 우둔우둔하는 게 느껴졌다. 그렇게 매미 올가미 욕심에 평소에도 심겁心怯했던 내가 용기를 냈다. 매미를 잡기 위해 이사위한할 일이 아니었는데도 이빙履氷[65]했다.

쇠똥 딱지가 묻어 있는 쇠꼬리 털에는 쇠똥 냄새가 났다. 이제 나도 매미를 잡을 수 있다는 생각에 아무렇지도 않았다. 가닥을 세지도 않고 급하게 뽑은 쇠꼬리 털은 여러 가닥이 뽑혔다. 딱딱하게 굳은 쇠똥 딱지가 쇠꼬리 털에 군데군데 엉겨 붙어 있어서 털어지지가 않았다. 왼손가락 엄지와 검지로 쇠똥 딱지를 살짝 누르고 오른손 검지에 꼬리털을 휘휘친친 몇 바퀴 감아 돌렸다. 그런 후에 천천히 힘을 주어 오른쪽을 당겼다. 미끄러지듯 쇠똥딱지가 꼬리털에서 떼어져 나갔다. 나는 제일 긴 털 한 가닥을 골라서 매미 올가미를 만들었다.

아파트 공원에서 꼬마 아이들이 매미채를 들고 다닌다. 채집망에는 매미가 한 마리도 없다.

내가 어릴 적에는 쇠꼬리 털로 매미를 잡았노라고 말해주고 싶었다. 그게 진짜로 매미 잘 잡는 법이었다고 말해주고 싶었다.

---

64 가장 중요한 지경.
65 살얼음을 밟는 것과 같다는 뜻으로, 극히 위험한 짓을 함을 비유적으로 이르는 말.

아니다.

쇠꼬리 털은 도시에서는 난득難得하고 위험하기도 하니 그냥 잠자리채로 잡아라! 그래도 난 손자가 생겨나면 매미 올가미로 매미를 잡아주고 싶다.

그때가 오긴 할런지 모르겠다.

칼싸움 하던 고드름

"큰 빌딩 외벽에서 커다란 고드름이 떨어져 사람이 다칠 뻔했다."는 뉴스가 TV에 나온다.

"큰일 날 뻔했네."

나에게 고드름은 그런 위험한 존재가 아니었다. 그저 얼음 사탕이었고 칼싸움하는 장난감 칼이었다.

추운 겨울날이면 너른 마당이 있는 큰 초가지붕 처마 아래의 당양當陽한 흙벽에 기대어 따사로운 햇볕을 쬐곤 했었다. 마당에서는 척동들이 팔뚝 크기의 나무깽이와 마구리를 뾰족하게 깎은 손가락 크기의 나무때기를 가지고 자치기 놀이를 했다. 여자애들은 앙금질로 까팡이를 차며 사방치기를 했다.

해가 중천에 뜰 무렵이면 초가지붕 지푸라기 끝에 단단히 매달려 있던 고드름이 한두 방울씩 노주露珠[66]가 되어 물방울을 떨구기 시작했다. 고드름에서 떨어지는 물방울은 이내 물숨 약한 천락수가 되어 땅바닥을 여리게 헤집었다. 물방울을 떨굴 때의 고드름은 정말 눈부실 정도로 작연灼然하고 영롱玲瓏했다. 물방울을 떨어뜨리기 시작하면 곧 고드름도 힘을 잃고 바닥으로 떨어졌다. 그렇게 햇빛이 바람이 되어 고드름을 표령飄零[67]케 했다.

친구가 방금 바닥에 떨어져서 부서진 고드름 조각 하나를 집어 들었다. 입에 넣고는 맛있다고 했다.

"너도 먹어 봐."

"그래"

나는 어제 떨어져서 미처 녹지 않은 고드름 위에, 오늘 막 떨어져서 검불덤불 어빡자빡 층첩層疊한 고드름 조각 중에서 맨 위의 조각 하나를 입에 넣었다. 그 조각은 고드름 물방울 점적點滴[68]이 튀지 않아 흙이 묻지 않은 순연純然한 얼음 조각이었다. 정말 차가웠다. 고드름이 입안을 얼얼하게 했다. 다 녹을 때까지 나는 뱉지 않고 조금씩 입안에서 녹여 먹

---

66 '이슬'의 아름다움을 구슬에 비유하여 이르는 말.

67 나뭇잎 따위가 바람에 나부끼어 흩날림.

68 액체가 방울방울 떨어지는 일. 또는 그 방울.

었다. 겨울에만 먹을 수 있는 진짬真짬 얼음 사탕이었다.

가끔은 고드름이 처마 밑에서 햇볕을 쬐고 있던 나의 머리 한가운데로 떨어졌다. 그래도 중다버지 머리 때문인지 많이 아프진 않았다.

아주 추운 날에는 고드름이 녹지도 않았고 땅에 떨어지지도 않았다. 그럴 때는 지나가는 어른들에게 따달라고 말했다. 그 고드름은 잘 깨지지도 않았고 부서지지도 않았다. 친구들과 칼싸움 놀이를 하는 데 쓰이는 천작의 칼이 되었다. 마당에는 늘 또래의 평교배가 여럿 있었다. 그래서 언제든 칼싸움놀이를 할 수 있었다. 고드름은 몸체가 민틋하지 않고 올록볼록한 데다가 손잡이로 사용할 부분도 나무그루터기 밑동처럼 제법 넓게 퍼져 얼어 있었다. 손이 뒤로 미끄러지지 않고 칼싸움하기에는 안성맞춤이었다. 칼끼리 부딪치면 고드름 칼은 금방 부러졌다. 그래서 실제로는 칼을 들고 싸우는 시늉만 하고 도망 다니기 일쑤였다. 칼은 손에 쥐고만 있을 뿐 그저 가댁질을 한 것이다.

양산에 있는 내원사 입구에 차를 대놓고 아내와 큰아들과 함께 잠시 트래킹을 했다. 절개지에 불쑥 튀어나온 바위 끝자락에 크고 작은 고드름이 배주룩배주룩 여러 개 달려 있었다. 바위 위에 쌓였던 눈이 녹으면서 만들어낸 고드름이려니 생각했는데, 언 이끼 위로 흘러내린 물 자국으로 보아서는 바위틈에서 흘러나온 물이 만든 고드름임을 알 수 있었다. 나는 무의식적으로 달려가서 그중에서 제일 큰 놈을 따냈다. 이제

막 녹기 시작한 그 고드름은 정말로 눈부시게 맑았다. 반사적으로 입에 가져가서 깨물어 먹으려고 했다. 그때 아내가 말했다.

"여보, 무슨 병균이 있는지도 모르는데 그걸 먹으면 어쩌려고 그래요?"
"아니요, 이렇게 산 좋고 공기 좋은 곳에서 나오는 물은 아무런 오염이 되지 않아서 괜찮아요."

그러고는 이내 한입 깨물어 먹었다. 이끼 맛인지 흙 맛인지 예사 물맛이 아니었다. 사실 나는 그런 맛이 좋았다. 어릴 적 계곡물을 그대로 마시던 그런 물맛이 나는 고드름 맛이 좋았다. 공기 좋고 물 맑던 시절의 순일純一한 결정체, 초가집 처마 밑 정쇄精麗한 고드름!
그 맛이 그리워진다.

고드름이 가죽장갑에서 다 녹을 때까지 나는 고드름을 버리지 않았다. 녹은 물이 가죽장갑을 뚫고 맨살을 시리게 했다. 그래도 고드름을 버리지 않았다. 고드름보다 지순지결했던 유년의 추억이 한동안 나를 자실自失케 했다.

몰래 들어가다 뒷덜미 잡힌 가설 영화관

몇몇 어른들이 "오늘 저녁에 방죽 옆 마당에서 영화 상영을 한다."고 동네방네 방송하며 다녔다. 광희狂喜의 소식이었다. 우리 동네에 TV가 있는 집은 없었기 때문에 영화를 관람한다는 것은 굉장한 설렘이었고 흥분이었다. 어른이고 아이고 마찬가지였다. 방죽 옆 마당에서는 벌써 나무 기둥을 세우고 누렇게 변색된, 때 묻은 무명천으로 크게 가림막을 설치하고 있었다.

저녁이 기다려졌다. 엄마한테 영화를 보게 해달라고 초근초근 졸랐다. 당연히 헛수고였다. 우리 집은 8남매였는데 없는 가정형편에 모두가 영화를 보게 할 수는 없었다. 그러니 모두가 영화를 보지 못하게 하신 것이었다.

나는 어떻게든 영화를 보고 싶다는 생각이 충일해서 몰래 들어갈 궁리를 했다. 가림막을 통해 몰래 들어가려는 성죽成竹[69]이 있었던 건 아니었는데 가림막이 허술해 보였다. 다행히 가림 막 밖을 지키는 사람도 없었다. 나는 동네 친구와 함께 가림막 제일 어두운 곳에 가서 양손으로 밑 부분을 살짝 위로 들추고 몰래 안으로 들어갔다. 이내 누군가에게 뒷덜미를 잡히고 말았다. 가림막 안은 이미 사람들로 인해 복닥판이었는데 누군가가 용케도 나를 잡아냈다.

"이놈들! 돈 내고 들어와라 이놈들!"

무서워서 친구와 함께 영화 좀 보게 해달라고 비대발괄하며 싹싹 빌었다. 이상하게도 그 사람은 우리를 더 이상 내쫓으려 하지 않았다.

그날 밤에 친구와 함께 마음 졸이며 관람한 영화는 무성영화인지 유성영화인지는 잘 생각이 나지 않는다. 아무튼 국군이 괴뢰군과 싸우는 일종의 반공영화였다. 철모를 쓰고 총을 든 국군이 굉장히 멋있어 보였고 씩씩해 브였다.

어슴새벽에 가설 영화관이 있는 마당에 나가보았다. 엊저녁에 있었던

---

69 미리 생각하고 있던 계획을 이르는 말.

가림막이 모두 철거되었다. 영화 관련자들도 모두 철수했다. 마당엔 소지무여였다. 어젯밤 훤훤효효했던 마당이 쥐죽은 듯 침식寢息했다. 어젯밤의 훤풍暄風도 사라지고 소삽蕭颯한 바람이 하얀 먼지를 일으키며 무심히 마당을 몇 번 가볍게 쓸고 지나갔다. 바람도 묵적黙寂을 깨뜨리진 못했다. 안마당에 멍석을 깔고 손님을 맞이하던, 할아버지 회갑연 때의 파연罷宴 후의 우리 집 안마당을 보는 것처럼 썰렁하고 공허하기 이를 데 없었다.

마당에 누군가가 떨어뜨린 동전 몇 원이 있어서 냉큼 주워 호주머니에 넣었다. 그렇게 횡득橫得한 몇 원으로도 허전한 내 마음을 달랠 수 없었다. 언제 또 영화를 상영하려나? 기다림이 시작되었다.

휴월虧月은 이내 만월滿月이 될 것을 알지만 영화 상영은 기약이 없었다. 아마도 몇 년은 더 기다려야 할 것이라는 것은 알고 있었다. 그때에 우리 동네에서 영화를 상영한 일이 겨우 두 번 정도로 기억되고 있었다. 그래서 당연히 그리 생각했다.

고향에 갈 때면 그 마당을 자주 찾곤 한다. 그런데 그 마당도 이제는 너른 공원(천안삼거리 공원)으로 탈바꿈되었다. 마당의 흔적을 찾아볼 수 없게 민멸泯滅했다. 추억이 잊혀지고 있다. 아쉽다. 문득 그때 몰래 들어가다가 잡혀서 싹싹 빌던 때가 생각났다. 이 나이가 되어보니 그때 그 사람이 나를 내쫓으려 하지 않은 이유를 알 것 같다. 아이가 좋고 가난한 아이들에 대한 알심도 있었을 테니 매몰차게 내쫓지 못하고 원서原恕했을 것이다.

아이들이 좋다. 개구쟁이 아이들도 그대로 사랑스럽고 좋다. 그 사람도 내 마음과 같았을 것 같다.

대보름 날 밥 훔쳐먹기

　대보름날이면 으레 남의 집 부엌에 몰래 들어가서 밥을 훔쳐 먹었다. 밥 훔쳐 먹는 일을 하지 않고 대보름날을 보내는 일은 '송장 빼놓고 장사 지내는 격'이었다. 석음夕陰부터 저녁 늦게까지 쥐불놀이하느라 배가 고플 때쯤이면 친구들은 쥐불놀이를 그만하고 밥을 훔쳐 먹을 궁리를 했다. 커다란 바가지 몇 개면 준비는 끝이었다. 승야월장을 하거나 안 잠긴 대문으로 슬그머니 들어가서 부엌의 가마솥을 소리 나지 않게 조심해서 열면 그 속에는 따뜻한 공깃밥이 두어 그릇은 있었다.

　그 당시 대보름날에는 아이들이 밥을 훔쳐 먹는 날이라는 것을 동네 사람들이 알고 있었다. 그래서 '생쥐 볼가심할 것도 없는 가난한 집'을 빼고는 어느 집이든지 간에 밥솥에 공깃밥을 여유 있게 남겨놓고 있었다. 밥 훔쳐 먹는 아이들을 배려한 것이었다. 대보름 일륜명월一輪明月[70]이

　70　(음력 보름날 밤의) 둥글고 밝은 달.

일거수일투족을 훤히 비추고 있어도 거리낌 없이 밥을 훔쳐 먹을 수 있는 이유였다. 밥 훔쳐 먹는다고 누구도 양경장수[71]로 생각하지 않았다.

그날 대보름날에도 그랬다. 들고 온 커다란 양재기에 공깃밥 몇 그릇을 옮겨 담고 찬장에서 먹고 남은 시척지근한 김치까지 그 양재기에 쏟아부었다. 친구들은 그렇게 훔쳐 온 밥과 김치를 비빔밥을 만들어서 잘도 먹었다. 따뜻했던 밥도 겨울밤 찬 공기에 사느랗게 식었지만 이상하게 따뜻한 탑보다도 더 맛있었다.

그 비빔밥은 적어도 그날 밤에는 모든 친구의 열구지물이었다. 맛이 없다고 말하는 친구는 없었다. 모두 탐식貪食했다. 열구지물이었으니 당연히 그랬다. 대보름날은 훔쳐 온 밥으로 그렇게 쾌식快食했다. 좁은 방에서 옹기종기 환좌環坐를 하고 가운데 놓인 밥그릇에 숟가락질을 한 번이라도 더 하려고 게걸스럽게 몰끽하며 먹었다.

생각지도 못했던 일이 터진 적도 있다. 친구 중에서 제일 개구진 친구가 있었다. 그 친구와 함께 나갔던 친구들이 고사를 지내기 위해 장독대에 놓아둔 시루떡을 시루째 통째로 들고 왔다. 그 모습을 본 다른 친구들이 질겁했다. '재강아지 눈 감은 듯하게' 시루 안의 떡 몇 조각만을 갖

---

71 도적(도둑)을 속되게 이르는 말.

고 왔으면 될 일을 가지고, 다 먹지도 못할 거면서 쓸데없이 사달을 내고 말았다.

이미 졸난변통이었다. 우리들은 '풀 끝에 앉은 새'처럼 불안하고 겁이 났다. 미대난도였으니 끝갈망을 할 길이 없어 더 무서웠다. 나중에 안 일이지만 그날 그 일이 있은 후, 그 사실을 안 내 친구의 엄마는 시루떡을 잃어버린 동네 아주머니를 찾아가서 "많이 빌었다."고 했다. 경상도 말로 정말로 '얼척 없는 일'을 저질렀으니 아무리 대보름날 철없는 애들이 밥 훔쳐 먹는 놀이를 하다가 그랬다고 해도 그 아주머니는 많이 속상하셨을 게 분명했다.

시골에서는 볏짚으로 이엉을 해서 터주항아리 몸체에 두르고 그 위에 볏짚으로 주저리를 만들어 씌운 터주가리가 있었다. 그 터주가리는 대부분 장독대에 있었다. 해마다 대보름날이면 그 앞에 떡시루를 놓고 기양祈禳하며 치성을 드렸다. 아마도 그 아주머니 역시 그랬을 것이다. 치성을 드리기 위해 장독대에 놓아둔 고수레도 하지 않은 시루떡을 시루째 통째로 잃어버렸으니 얼마나 속상하고 화가 치밀었을지 상상이 된다. 지금 생각하면 아무리 숙맥불변이어도 하지 말았어야 할 경솔하고 어리석은 짓이었다. 있을 수도 없는 일이었지만 아무튼 그땐 그랬다.

촌속村俗이 그리했었고, 시절이 그리 했었고, 철이 없어서 그리했었다. 대보름날 밥 훔쳐 먹는 일도 이제는 순풍미속이 아니다. 도둑질이 되었다. 추속醜俗이 되었다. 많이 아쉽다. 그 아주머니께 친구를 대신해서 정중히 사죄하고 싶다. 아니 여수동죄이니 친구를 들먹일 필요도 없다.

그 아주머니는 이미 세상에 안 계신다….

6장

향수,
꿈엔들
잊힐 리야

밥을 먹고 날 때쯤이면 잔양殘陽이 서쪽 하늘을 마지막 힘을 다해 붉게 물들이고 스러져갔다.

잔양이 남겨놓고 간 여광餘光조차 잔조殘照를 품에 안고 혁작赫灼하는 수많은 별빛에 금세 맥이 풀렸다.

이내 뒷산에서 어슬어슬한 야음夜陰을 틈타 슬그머니 기어 내려오는 시원한 재넘이와 무수한 풀벌레의 공음跫音 합창이 한낮의 성하염열盛夏炎熱을 주눅 들게 했다.

그러면 나는 엄마와 함께 그 멍석에 누워서 하늘의 별을 바라보았다.

명징明澄한 하늘에 다이아몬드를 박아놓은 듯 작연灼然한 별들이 반짝였다.

가끔씩 별똥별이 하늘을 사선으로 가로지르며 순식간에 사라질 때가 있었다.

그때마다 엄마는 "누가 죽었나 보다."라고 말씀하셨다.

지겟작대기의 또 다른 쓰임새

옛날에는 시골이든 도시든 어디를 가나 지게를 볼 수 있었지만 요즘
은 거의 볼 수가 없다. 지게에는 그 지게를 지탱하기 위한 지겟작대기가
꼭 필요했다. 그런데 그것이 꼭 그 목적으로만 사용된 것은 아니었다.

우리 동네에는 우리 집과 멀지 않은 곳에 시집갈 때가 다 된 처녀가 살
고 있었다. 우리 누나의 친구라서 나는 늘 가까운 누나로 여겼다. 곱살
한 생김새를 가졌지만 선자옥질은 아니었다. 그렇다고 해도 엉거능측하
지는 않았다. 워낙 활발한 성격이라 집에 있으면 '엉덩이가 근질근질'한
지 도무지 집에 있을 생각을 하지 않았다. 재가무일의 산계야목이었다.
친구 집이든 읍내든 어디든지 간에 '궁둥이에서 비파소리가 나게' 쏘다
니기를 좋아했다. 그 낙으로 사는 뻘때추니 같은 사람이었다.
어느 날 시내에서 밤늦도록 놀다가 늦게 집에 들어갔다. 그 누나의 아버
지가 느닷없이 지겟작대기를 들고는 격앙해서 큰 소리로 이렇게 말했다.

"이년! 어디 갔다가 이제 들어오느냐. 썩 나가 꺼져라 이년!"

그때 그 누나는 일장풍파에 혼비백산해서 도망쳐서 나왔는데 '고두리에 놀란 새'처럼 창황망조해서 밤이 늦도록 집에 들어가지 못했다. 경혼驚魂을 추스르고 아버지의 역정이 고자누룩해질 때쯤이 되어 겨우 들어갔다. 아버지가 지게작대기를 꺼두르며 질풍신뢰의 기세로 '선불 맞은 노루 뛰듯' 격성을 내셨으니 당연히 그럴 수밖에 없었다.

지금의 세상에서는 도저히 상상할 수 없는 일이었지만 아무튼 지겟작대기는 자식을 훈육하거나 '반찬 먹은 고양이 잡도리하듯' 마구 혼내줄 때도 사용하던 그런 도구이기도 했다. 그렇다고 해서 지겟작대기를 실제로 자식을 체벌하는 데 사용하지는 않았다. 아무리 큰 잘못을 저지른 맷가마리라도 지겟작대기로 맞아 보았다는 얘기를 들어본 적이 없다. 지게작대기는 그저 때리는 시늉만 하며 혼내는 데 사용한 것일 뿐 실제로 주장질[72]을 하는 데 사용하지는 않았다.

가부장제에서의 옛날의 아버지들은 그만큼 권위를 세워서 자식을 훈육할 수밖에 없었다. 만단개유 하거나 지칙指飭해도 '개구리 낯짝에 물붓기'처럼 훈육이 안 되면 지게작대기를 사용하는 일도 훈육 방법의 하

---

72 옛날에 붉은 칠을 한 몽둥이로 때리던 일.

나로 여겼다. "유리와 처녀는 깨어지기 쉽다."고 했고 "색시 그루는 다홍
치마 적에 앉혀야 한다."고 했다. 그러니 아버지는 당연히 미가녀인 딸
자식이 지소指笑나 치소嗤笑를 당하지 않도록, 계명워리 소리 듣지 않도
록, 그리고 훼가출송을 당하지 않도록 해야 했다. 약석지언으로 안 되면
지겟작대기라도 들고 싸다듬이하듯 달려들며 잡도리를 해야 했다. 아무
리 사랑스런 내 자식이라도 아버지의 풍상지임으로 생각하고 그렇게 짐
짓 광태를 코이며 단불용대의 기세로 지게작대기를 들고 견문발검해야
했다. 제궤의혈이니 아버지가 구나방이 아니어도 무위이화할 때까지 기
다리며 치지도외할 수가 없었다. 방미두점하기 위해 그리 잡죄며 질정
할 수밖에 없었다.

그렇게 지게작대기는 지게로부터만 견중見重하는 조치개가 아니고 푸
네기 훈육에도 견중하는 조치개였다.

그때의 그 누나는 아버지가 실제로 때릴 수도 있다는 생각을 했고, 아
버지가 창광猖狂하며 역정을 내시는 격앙된 모습에서는 맞아 죽을 수도
있다는 생각에 끽겁했다고 했다. 그러니 산에서 무방비 상태로 갑자기
구레미를 만난 심마니처럼 경황망조하던 누나가 놀라서 주위상책[73]을
생각했을 것이다. 정말로 그랬을 것이다. 웬만해서는 잘 부러지지도 않

---

73 달아나는 것이 제일 나은 꾀임을 이르는 말.

을 아주 실팍한 지게작대기를 들고 금방이라도 때릴 듯이 크게 역정을 내셨으니 그랬을 것이다. 지게작대기가 주릿방망이[74]로 보였을 것이다.

"행실을 배우라 하니까 포도청 문고리를 뺀다."고 했는데 누나는 그렇지 않았다. 그때 이후로 그 누나는 자작지얼을 인정하고 진숙振肅했고 밤늦게 집에 들어가는 일은 없었다. 물론 한동안은 폐칩廢蟄을 했었다. 집에서 쫓겨날 수도 있다는 생각에 위리안치[75]된 채 귀양살이하고 있는 사람처럼 그리했을 것이다. 누나가 귀양살이(?)하는 중에 맹성猛省해서 저큼했는지는 알 수 없다. 아무튼 해배解配(?)된 이후로는 밤늦게 집에 들어가는 일은 없었다. 지게작대기가 졸수단이긴 했지만 권도權道[76]가 되었음이 틀림없었다.

명절 때 고향을 찾아온 격절隔絶했던 그 누나를 우연히 만나서 장난스레 물었다.

"누나, 지금도 아버지가 지겟작대기 들고나오시나요?"

---

74 주리를 트는 데 쓰이는 긴 막대기인 주릿대의 속된 말.

75 유배된 죄인이 거쳐하는 집 둘레에 가시로 울타리를 치고 그 안에 가두어 두던 일.

76 목적 달성을 위해 그때그때의 형편에 따라 임기응변으로 일을 처리하는 방도.

누나는 멋쩍은 듯 잠시 수삽스레 나를 바라보더니 이내 성그레 웃으며 대답했다.

"얘~~ 는!"

누나의 대답에서도 괴란愧赧쩍은 것 같지는 않았지만 참색慙色이 살짝 묻어났다.

도둑놈 발자국은 크거든!

이른 아침에 동네 사람들이 모여들어 수런수런 웅성거렸다. 누가 도둑을 맞았단다. 그날은 눈이 밤새도록 온 날이었다. 우리 동네에서는 가끔씩 서절구투[77]가 나타나서 동네 사람들이 벼르고 있었는데 눈에 발자국이 있어서 이번에는 꼭 잡을 수 있다고 했다. 건공乾空대매로 하는 말이 아니었다. 도둑놈 발자국이라면서 그 발자국을 쫓아가면 도둑을 잡을 수 있다고 했다. 나는 그럴 것이라고 믿었다.

그런데 어른들이 한참 동안 그 발자국을 쫓아가다가 되돌아왔다. 어디선가 발자국이 끊겨서 더 이상 쫓을 수 없었단다. 눈이 계속 너리고 있었으니 아무리 뛰어난 자욱포수여도 그랬을 것 같았다. 갱무도리였다.

그때 내가 본 도둑놈 발자국은 정말 컸다. 눈 쌓인 길 위에 또렷이 남

---

77 좀도둑을 이르는 말.

겨진 발자국은 정말로 거인 발자국 같았다. 평소에 친구들이 내 발을 보고는 도둑놈 발처럼 크다고 했었다. 그래서 나는 도둑놈 발은 정말로 크겠거니 생각했었다. 그날에 내가 본, 쌓인 눈 위에 난 도둑놈 발자국은 정말 컸다. 친구들 말이 틀림없이 맞는다고 생각했다.

하얗게 쌓인 눈길을 걸으며 아들에게 말했다.

"저기 도둑놈 발자국 있네!"
"아빠, 저게 도둑놈 발자국이야?"
"그래, 도둑놈 발자국은 저렇게 크거든!"

개미가 이사하면 비가 온단다

아내가 아들 배에 연신 입을 대고 뽀뽀를 한다.

"으이구! 뭐가 그리 예뻐서?"
"그럼~, 동물들도 제 새끼는 예뻐한다던데, 안 예뻐?"

그날도 엄마 따라 밭에 나갔었다. 밭고랑에 개미들이 새까맣게 움직이고 있었다. 입에는 커다란 흰 알을 한 개씩 물고 일렬로 줄 서서 면면綿連히 어디론가 바쁘게 움직이고 있었다.

"엄마, 개미들 좀 봐. 알을 물고 어디 가나 봐."
"그래, 이사 가는 거란다."
"왜?"
"개미들은 빗물이 집을 무너뜨릴까 봐 비 오기 전에 미리 알고 이사를 한단다. 그래서 개미가 이사하면 비가 온단다."

정말인가 보다 하늘은 이미 먹구름으로 가득했다. 멀리서 천둥소리도 들렸다. 응험應驗했다. 개미의 이사는 곧 비가 올 거라는 것을 알게 해주는 일엽지추였다. 개미의 이사는 비가 올 거라는 신호였다.

"엄마, 알을 왜 입에 물고가?"
"지 새끼니까 그렇지!"

그랬다. 금방이라도 비가 오면 개미들이 물에 빠질 텐데도 개미들은 힘겹게 새끼가 태어날 알들을 옮기고 있었다. 나는 개미굴에서 끝없이 족출簇出하는 개미를 보고 갑자기 굴 안에 얼마나 많은 개미가 있을지 궁금해졌다. 나무 막대기로 개미집을 호볐다. 수많은 개미들과 구더기만한 하얀 알들이 흙과 함께 움실움실 뒤범벅이 되었다. 그런 천붕지괴와 갱살坑殺의 혼란 속에서도 개미들은 흩어진 알들을 물고 일사불란하게 이사하려고 하고 있었다. 신기했다. 정말로 지 새끼를 좋아해서였을까?

친구가 손자를 데리고 와서는 볼에 자꾸 뽀뽀를 한다.

"그렇게 좋니?"

"그럼! 내 새끼인데 안 좋겠니? 너도 손자 키워 봐라. 아들보다 더 좋다."

"으이구! 그래, 네 말이 맞다. 개미도 제 새끼를 제 목숨보다 더 챙기더라. 네 푸네기인데 어련하겠냐?"

"그래, 자식 둔 곳은 범도 돌아본단다. 네 아들보고 얼른 손자나 낳아 달라고 해라."

"…."

엄마가 알려주신 다래끼 낫는 법

아침에 일어나니 한쪽 눈이 퉁퉁 부어 있었다. 하필 '대목장에 목이 쉬 듯' 소풍날을 며칠 앞두고 다래끼라니 마음이 수란(愁亂)했다.

"속눈썹 하나 뽑아서 길가 돌 위에 올려놓고 그 위에 또 돌을 올려놓 아라. 그러던 다른 사람이 지나가다가 그 돌을 무너뜨리면 낫는다."

울 엄마는 내가 다래끼 날 때마다 늘 그렇게 말씀하셨다. 그렇게 하면 왜 낫게 되는지에 대해서는 한 번도 여쭈어보지 않았다. 울 엄마가 존조 리 말씀해 주신 적도 없었다. 그래도 난 한 번도 울 엄마의 그런 말씀을 조언(造言)이라고 생각하지 않았다. 집 앞길에 나가서 울 엄마가 말씀하신 대로 속눈썹 한 개를 뽑아 돌 위에 올려놓고 그 위에 또 돌을 올려놓고 돌아왔다. 다음 날에는 눈이 더욱 붉게 퉁퉁 부어 있었다. 눈이 안 보일 정도였다. 그렇지만 걱정은 하지 않았다. 다래끼로 그렇게 눈이 붓는 일은 항다반이기도 했지만, 지난번 다래끼가 생겼을 때에도 울 엄마 말씀대로 해서 압흔壓痕처럼 흔적도 없이 금방 가라앉았기 때문에 그랬다.

"엄마, 다래끼가 왜 안 나아?"
"아직 지나가는 사람이 돌을 무너뜨리지 않았나 보지."

아니었다. 돌은 이미 어제저녁에 무너져 있었다. 언제 무너지는지 궁금해서 자주 그 돌을 보고 왔었기 때문에 난 이미 알고 있었다.

"엄마, 돌은 어제 무너졌어."
"응, 그럼 조금만 기다리면 낳는다."
"조금이 얼마만큼 인데?"
"며칠만 기다려라."

그렇게 늘 일주일을 기다렸다. 언젠가 퉁퉁 부은 다래끼에서 고름이라도 짜내 보면 빨리 나을까 싶어서 가시나무의 가시로 다래끼를 찔러 보았다. 덧나서 눈이 완전히 보이지 않을 정도로 부었다. 알묘揠苗였다. 그때 이후로는 엄마 말씀을 신지무의하고 기다렸다.

아내가 다래끼가 생겼다면서 병원에 가 봐야겠다고 한다.

"속눈썹 하나 뽑아서 길에 가서 돌 위에 올려놓고 그 위에 또 돌을 올려놓으면 나아."

나는 아내에게 웃으면서 말했다.

"울 엄마가 늘 그렇게 말씀하셨거든!"

난 지금도 "속눈썹 하나 뽑아서 길가 돌 위에 올려놓고 그 위에 또 돌을 올려놓아라."는 울 엄마의 말씀을 의학적인 이유를 들어가며 규명하고 싶지 않다. 왠지 태천苔泉이 메워지고 천연수 대신 수돗물을 마시는 것과 같이 무위자연의 순수가 사라질 것 같아서 그렇다.

세상에서 제일 맛있는 바나나

어릴 적에 TV 연속극에서 바나나 먹는 모습을 보았다. 흑백 TV 속에서도 겉껍질을 하나씩 벗기고서 하얀 속살을 입에 넣는 모습이 정말 맛있어 보였다. 바나나는 장에서도 팔지 않는 과일이었다. 판다고 해도 우리 집에서는 사 먹을 수도 없는 비싼, 그러니까 가히 꿈속에서나 먹을 수 있는 경화수월의 과일이었다. 그런데 그런 바나나를 먹어 본 친구가 있었다. 아버지가 미군 부대에 다닌다는 우리 반 국민학교 친구였다. 그 친구는 여간해서는 연필심이 부러지지 않는, 미군 부대에서 나온 아주 튼튼한 연필을 쓰고 있어서 내가 늘 부러워했던 친구였다.

"바나나 맛이 어떤 데?"

"세상에서 제일 맛있어! 입안에서 살살 녹아! 너는 바나나도 안 먹어 봤어?"

야비다리를 피우며 말하던 그 친구 때문에 그때부터 나는 바나나가 세상에서 제일 맛있는 과일이라고 생각했다. 먹을 날 만을 상상하며 도리깨침[78]을 삼키곤 했다.

한국해양대학교에 다닐 때 실습선을 타고 해외로 원양 실습을 나간 적이 있다. 대만에서 바나나를 난생처음 먹어 봤다. 그러니까 스물두 살 때였다. 기대했던 맛이 아니었다. 내가 그토록 간망했던 바나나의 맛은 아니었다. 사르르 녹는 맛이 아니었다. 감격해서 두 눈이 저절로 감기는 그런 맛이 아니었다. 먹음직스런 겉모양과는 달리 진탕만탕 송이째 먹으려고 샀던 바나나를 겨우 두 개만 먹었으니 아주 맛있는 과일이라는 생각은 할 수가 없었다. 우리 집 뒤란의 감나무에 열린 빨간 홍시 맛이 사르르 녹는 꿀맛이었다. 난 그것을 훨씬 초월하는 꿀맛을 기대했는데 그게 아니었다. 꿈속에서나 먹을 수 있을 법한 그런 지미至味는 더욱 아니었다. 적어도 나에게는 감또개의 떫은맛을 본 것 같은 실망스런 맛이었다. 그만큼 기대가 컸었다.

아내가 물었다.

---

78 탐이 나거나 먹고 싶어서 저절로 삼키어지는 침.

"당신 스물두 살 때 바나나 처음 먹어 봤다며? 맛이 어땠어?"

"응, 상상했던 맛은 아니었어. 많이 실망했지."

그런데, 나에게 바나나만큼 실망을 안겨 준 대상이 또 있다. 아버지가 맛있게 드시던 날달걀 맛. 몰래 굴뚝을 타고 내려와서 선물을 놓고 간다는 산타클로스 할아버지. 여옥기인으로 화장실도 안 가실 것 같았던 국민학교 여자 담임선생님. 늘 아름다운 청향淸香만 나고 발꼬랑내는 나지도 않을 것 같은 화용월태의 여인. 옥토끼가 살고 있다던 가월佳月.

상상과 신비는 그대로가 좋을 때가 있다.

깨지도 말고 더 이상 파헤치지도 말고 그대로가 좋을 때가 있다.

비그이하게 품어준 처마

기와집이나 초가집은 모두 처마가 있다. 그 처마는 눈이나 비가 올 때에 벽채가 젖지 않도록 하기 위한 건축 기술의 하나였겠으나, 처마는 또 다른 쓰임새가 있었다. 길을 가다가 갑자기 비가 오게 되면 사람들은 남의 집 처마 밑으로 달려가서 비를 피했다. 처마 밑에서 비를 피한다고 해서 집주인이 야박하게 내치는 경우는 없었다. 오히려 많은 비가 올 때에는 집주인이 안으로 들어와서 비도 피하고 몸도 녹이라는 말을 하는 경우도 많았다. 애살이 있는 사람이라면 처음 보는 집주인과 집안에서 감자를 삶아 먹으며 노닥거릴 수도 있었다.

국민학교 2학년 때쯤인 것 같다. 여름이었다. 하굣길에 갑자기 소낙비가 쏟아지기 시작했다. 나와 한 살 아래의 여동생은 눈에 보이는 가겟집이 있어서 그 집 처마 밑으로 달려갔다. 소낙비가 그칠 줄을 모르고 계속 내렸다. 동생은 처마 밑까지 쳐들어오는 비를 맞아 춥다고 몸을 오들 오들 떨고 있었다. 동생이 추워서 죽을 수도 있다고 생각했다. 나도 추워서 어쩔 줄을 몰라 했다. 그때 가겟집 주인 할머니가 그런 우리를 보고는 안으로 들어와서 몸을 녹이라고 하셨다.

얼마나 고마웠는지 모른다. 마치 울 엄마가 방으로 들어오라고 말씀하시는 것처럼 할머니의 걱정스런 말씀에서 따뜻한 마음을 읽을 수 있었다. 그때의 그 가겟집 주인 할머니의 따뜻한 마음 씀이 없었다면 우리는 감기라도 크게 걸려서 고생했을 것이다.

처마는 그런 곳이었다. 따뜻한 인간미가 넘쳐나는 그런 곳이었다. 석안유심의 마음을 갖고 있는 사람만 처마를 내주는 것이 아니었다. 아무리 갈가위라도 처마 밑에서 비그이를 하고 있는 사람을 내치는 일은 없었다. 누구든 과화숙식[79]으로 처마 밑에서 비그이를 할 수 있었다.

요즘은 그런 처마가 있는 집을 보기란 여간 어려운 일이 아니다. 시골에서도 마찬가지다. 모두 아파트나 양옥의 슬라브 지붕이 있는 집들이어서 처마가 필요 없어졌다. 처마가 있어도 처마 흉내만 낸 처마 같지 않은 처마만 있을 뿐이다. 그런 집들은 아무리 비가 오더라드 내 집에 가까이 오지 말라는 경고를 하고 있는 것 같아서 삭막하다.

---

79 지나가는 불에 음식을 익힌다는 뜻으로, 어떤 사람을 위하여 한 것은 아니지만 그 사람에게 은혜가 됨을 비유적으로 이르는 말.

내가 시골에 내려가서 살게 되면 꼭 필요한 만큼 다 품어줄 수 있을 정도의 번듯한 처마가 있는 집을 짓고 싶다. 그 옛날 내가 받은 처마의 은혜에 숭보崇報하고 필요한 다른 사람들에게도 처마의 은덕을 입게 하고 싶다.

순후醇厚한 인심의 주인을 닮았을 것 같은 인정 많은 처마가 그립다.

네 아버지 함자가 어떻게 되니?

동네 어른을 만나면 꼭 인사를 해야 했다. 그렇지 않으면 가끔씩 이런 대화를 해야 했다.

"어른을 보아도 인사할 줄도 모르느냐? 네 아버지 함자銜字가 어떻게 되느냐?

"네, 백 낙자 현자 쓰십니다."

"네 이름은 무엇이냐?

"네, 백 운 일입니다."

"너는 몇째 아들이냐?

"네, 3남 5녀 중 셋째 아들입니다."

내가 어릴 때에는 부모의 이름을 함부로 꺼내 부르지 못하는 문화가 강하게 남아 있었다. 유교 문화에서 비롯된 피휘避諱[80] 문화였다. 촉휘觸諱를 철저히 금했다. 그래서 우리 아버지는 자주 이렇게 말씀하셨다.

"동네 어른들을 만나면 인사 잘해라. 아버지 이름을 묻거든 꼭 이렇게 말해야 한다. 우리 아버지 함자는 백 낙자 현자 쓰십니다."

누구의 자식인지를 몰라서 서로 알고 지내려고 아버지의 함자를 묻는 경우가 대부분이었다. 간혹 아이를 혼 내주려고 아버지를 들먹이는 경우도 있었다. 이렇게 말이다.

"이놈, 네 아버지 함자가 무엇이냐? 이 짓거리 하는 걸 보니 네 아버지에게 말해야겠다."

요즘은 동네 아이들을 만나도 아버지 함자銜字를 묻는 경우는 없다. 아이를 질매叱罵하기 위해서 아버지 함자를 묻는 경우는 더더욱 없다. 물어도 대답을 안 해주어서 그렇기도 하지만 괜한 오해를 살 일을 하지 않아서 그렇다. 아버지 이름을 묻는 말은 철저히 시휘時諱로서 휘언諱言이되었다. 금구禁句가 되었다. 그러니 아버지 이름을 말하면서 "홍 길자 동

---

80 국왕, 조상, 성인이 쓰는 이름과 같은 글자를 사용하지 않음. 또는 그러한 관습.

자 쓰십니다."라고 대답할 기회도 없거니와 "홍 길동입니다."라고 대답을 해도 아무도 나무라지 않는다.

이제는 같은 동네에 사는 사람들끼리도 사람 사는 냄새가 나지 않는 세상이 된 것 같다. 세상이 변해도 많이 변했다. 서로 알고 지내기 위해서 아버지 이름을 물으면 개인정보를 무단으로 취득하려는 범죄자로 보는 세상이 되었으니 말이다. 그때에는 친척이 아닌 척숙戚叔이 물어도, 한 살 위의 형이 물어도 아버지 이름을 알려 주었다. 같은 동네에 사는 사람이 아닌 팔면부지의 사람이어도 그랬다. 심지어 절긴絕懃하는 사˙여도 그랬다. 그것이 서로 알고 지내고자 하는 사람 사는 세상의 일상이었다.

그런데 지금은 아니다. 절근切近한 사이여도 가르쳐주지 않는다. 팔팔결 달라졌다. 그래도 이름 석 자는 서로 알고 지내는 세상에서 살고 싶다.

"네 이름이 뭐니?"
"네 아버지 성함은 어떻게 되니?"

그렇게 알고 지내고 싶다.

엘리베이터에서 등교하고 있는 초등학교 학생을 만났다. 출근하면서 거의 매일 아침마다 보는 아이다.

"안녕?"

"…."

역시 오늘도 아무 반응이 없다. 묵례하듯 마지못해 고개만 반쯤 숙이다 만다. 인사말은 없다. 세상이 바뀌었으니 용혹무괴한 일은 아니다. 그래도 많이 아쉽다. 속이 상한다. 늘 내가 먼저 인사를 해도 돌아오는 인사말이 없다. 그러니 "네 아버지 이름이 뭐니?"라고 물으면 당장 달려가서 부모에게 이상한 사람이라고 말할 것 같다. 괜히 내가 긴장하게 된다.
세상이 바로 가고 있는 것일까?
아니면 거꾸로 가고 있는 것일까?

아이가 무슨 잘못이랴. 아이가 무례하거나 시먹어서 그런 것이 아닌 것을. 다만 아무리 신입구출이라지만 새 세상이 사람 사는 냄새가 나지 않는 세상인 것 같아 마음이 아프다. 압설狎褻한 관계를 기대할 수는 없지만 어른이든 아이든 같은 아파트에 사는 사람끼리 서로 아는 체 정도는 하며 사는 세상이면 좋겠다. 동네 어른을 만나면 반사적으로 인사하는 습관까지는 기대할 수 없더라도 말이다.

나를 홀린 엿장수의 엿가위 소리

엿가위 소리가 들리면 나는 반사적으로 우리 집에 엿으로 바꿔 먹을 수 있는 물건이 어디 있는지 찾아다녔다. 배부장나리 엿장수는 리어카에 엿판을 올려놓고 반쯤 부러진 듯한 끝이 뭉툭한 엿가위를 느루 잡고 아주 리드미컬하게 움직여서 가위춤을 추었다. 가위 날이 헐겁게 조여진 듯한 엿가위로 그렇게 가위춤을 추었다. 쾌마의 질주처럼, 광상곡 연주처럼, 시나위 연주처럼, 거침없이 자유자재로 엿가위 춤을 추었다. 격정에 이르러서는 스스로 지휘자가 되어 양손에 엿가위를 들고 교향곡을 연주했다.

그 엿가위 춤 소리는 아주 멀리서도 들을 수 있었다. 빨리 엿장수에게 달려 나가야 할 것 같았다. 현란한 엿가위 춤은 엿가위에게 성인지미의 역할을 톡톡히 했다. 내가 왔으니 집에 있는 빈 병이며 고철 덩어리는 모조리 가져오라는 듯이 그렇게 신나게 가위춤을 추었다.

엿장수는 엿가위 춤만 추면 "내가 왔으니 엿 사 먹으러 오시오."라고 소리를 지르며 다닐 필요가 없었다. 구두질하는 사람이 어깨에 구둣대를 둘러메고 "뚫어~, 뚫어~, 방고래 뚫어~." 하면서 목청껏 외치면서 다니는 것과 비교하면 정말로 지혜롭다는 생각이 들었다. 엿가위 춤과 엿장수는 불가분리의 관계였다.

엿장수는 자주 오는 편이 아니었다. 며칠 동안 엿장수가 올 때까지 엿과 바꿔 먹을 수 있는 빈 병을 집안 한 구석에 모아두었다.

나만 알 수 있는 곳에 심심장지했다. 간혹 아버지가 쟁기질을 하시다가 부러뜨린 보습을 발견할 때는 보물을 얻은 듯했다. 무쇠로 만든 보습은 무게가 많이 나가서 엿장수가 엿을 많이 주는 것을 알고 있었다.

빈병이나 고철을 가져가면 엿장수는 넓적하게 생긴 정을 엿판에 대고는 주고 싶은 대로 엿을 잘랐다. 나는 "아저씨, 조금 더 잘라주세요."라면서 졸라 댔다. 그럴 때면 엿장수 아저씨는 처음에 엿판에 댔던 정의 위치를 아주 조금 바꾸면서 엿이 조금 더 크게 잘리도록 했다. 가취加取를 더해서 잘라주는 거였다. 엿을 조금 주거나 많이 주는 일은 말 그대로 엿장수 감이었다. 아무리 뛰어난 주릅이 주릅을 들어도 마찬가지였을 것이다. 그런 만큼 엿장수와의 절박흥정은 없었다. 구리귀신 엿장수도 없었다.

어떤 날에는 어른들이 엿치기를 하면서 푼내기 놀이를 하곤 했다. 그런 날에는 엿치기 하면서 반으로 쪼개진 많은 엿을 아이들에게 나누어 주었다. 나도 '공것 바라기는 무당의 서방'이라 식수食數가 터지는 날이었다. 공득지물인 공짜 엿을 실컷 얻어먹을 수 있었다.

엿치기는 절단한 단면의 구멍 크기로 승부를 결정하는 일이었다. 눈으로 결정하는 일이어서 왕배덕배 따져 본들 보무타려하게 승부를 결정하기가 쉽지 않았다. 우기면 무승부였다. 곤드기장원[81]이 많을 수밖에 없었고 곰비임비 엿치기가 계속될 수밖에 없었다. 엿치기에서 그런 곤드기장원이 많으면 많을수록 나는 좋았다. 곤드기장원으로 대매[82]를 하고 또다시 곤드기장원이면 또다시 대매를 했기 때문에 엿을 더 많이 얻어먹을 수 있었다. 이미 많이 먹었다면서 채변하는 경우는 없었다. '굴우물에 말똥 쓸어 넣듯' 주는 대로 모두 다 얻어먹었다. 그런 날은 많지 않았다. 그래서 나는 어떻게 해서든 엿과 바꿔 먹을 수 있는 빈병이나 고철을 구해야 했다.

그날은 전날 증조할아버지 제사 때 제주로 쓰고 1/3쯤 남은 십 홉들이 정종 병이 마루 한구석에 놓여 있었다. 나는 엿가위 소리에 반사적으로 그

---

81 노름판에서, 승부를 내지 못하고 서로 비기게 된 일.
82 내기 따위에서 승부를 마지막으로 결정하는 것.

술병을 찾았다. 남아 있는 술은 생각도 하지 않고 엿장수에게 달려갔다.

"애야, 안에 술이 있는데 어른 모르게 들고 온 거 아니니?"
"아녜요, 아버지가 엿으로 바꿔 먹으라고…."

말꼬리를 흐리며 내 말은 더 이어지지 못했다. 엿장수 아저씨는 이미 알고 있다는 듯이 엉이야병이야하려던 내 말꼬투리를 잡지 않았다. 오히려 엿판 귀퉁이에서 부스러기 조각 엿을 한 자밤 집어 주었다. 그러고는 들고 온 술병을 집에 가져다 놓으라고 했다.

요즘은 그런 엿장수를 보기 어렵다. 그래도 간혹 축제 현장이나 재래시장에서 과장된 몸짓과 삐에로나 각설이 분장을 하고, 옛날의 엿장수를 재현하며 엿을 파는 경우를 종종 볼 수 있어서 좋다.

아내와 나는 어김없이 그 엿장수의 엿을 산다.

달달한 추억을 먹을 수 있어서 그 엿을 산다.

미군 트럭이 초코렛을 흩뿌리던 신작로

어릴 적 우리 동네에는 포장되지 않은 신작로가 동네 앞을 가로질러 나 있었다. 우리 집은 그 신작로 바로 옆에 붙어 있었다. 늘 신작로에서 자동 차가 지날 때마다 회오리바람처럼 휘돌며 내뿜는 먼지를 지붕부터 안채의 마루까지 뿌옇게 뒤집어쓰고 있었다. 그 모습은 빛바랜 집 같았다.

그 신작로를 따라 가면 읍내 시장까지 곧장 갈 수 있었다. 열무를 팔기 위해서, 콩을 팔기 위해서, 울 엄마가 리어카를 끌고 장에 갈 때도 꼭 이용하시던 신작로였다. 신작로는 민틋한 곳이 한 곳도 없었다. 군데군데 옴폭 패인 곳이 많았다. 비가 온 다음 날이면 버스나 트럭이 지나갈 때마다 그곳에 고여 있는 흙탕물이 사방으로 튀었다. 그 흙탕물을 뒤집어쓰는 경우가 종종 있었다.

등하굣길에는 신작로에 미군 트럭이 지날 때면 초코렛을 달라며 트럭 뒤를 힘껏 쫓아 달렸다. 간혹 미군이 초코렛을 신작로에 흩뿌리듯 몇 개씩 던져주었다. 6.25 전쟁 때에도 미군들이 아이들에게 초코렛을 던져주었다는데 전쟁이 끝난 지 10여 년밖에 지나지 않은 내 어릴 적에도 미군들이 차를 타고 가며 초코렛을 던져주기도 했다. 그들이 보기에 가난한 나라의 불쌍한 아이들로 보여서 그랬나 보다.

겨울이면 바퀴에 쇠사슬을 감고 새벽부터 신작로를 달리는 자동차의 철컥철컥하는 바퀴 굴러가는 소리가 들렸다. 그 소리를 듣고는 밖에 나가보지 않고도 밤새 도둑눈이 많이 왔음을 알 수 있었다. 물 위에서 힘겹게 취랑吹浪하는 물고기를 보고 물속에 산소가 부족함을 알 수 있듯이, 쇠사슬 바퀴 소리로 눈이 왔음을 알 수 있었다. 쇠사슬 바퀴 소리가 여러 번의 새벽 그루잠으로 여원잠을 자게 했다. 그래도 몸을 피곤하게 하진 못했다. 오히려 그 바퀴소리가 흰 눈 쌓인 눈길을 걷고, 눈싸움을 하고, 눈사람을 만들 수 있을 만큼 많은 눈이 오고 있음을 알려주는 것이어서 기분 좋은 설렘을 가져다줄 뿐이었다.

신작로 옆으로 숫눈길을 걸으며 등교할 때는 마치 전인미답의 신세계에 내가 처음 발걸음을 하는 것 같았다. 쇄락麗落했다. 세상이 나를 위해 존재하는 것 같았다. 일부러 사람의 발자국이 없는 곳만을 골라서 걸었다. 냉염冷艶한 자태의 순연純然한 백지장 숫눈을 시샘이라도 하듯 나는 넉장거리를 하며 몸도장도 여러 번 찍었다. 가끔씩 버스가 정차할 때면 몰래 뒤범퍼에 다랑귀를 하고 위험천만한 신발 썰매를 타기도 했다.

하굣길엔 성긴 눈구름 뒤로 연신 숨바꼭질하던 태양이 눈석임을 하게 할 때도 많았다. 눈석임이 시작되면 버스나 트럭이 지나갈 때마다, 탈곡기에서 쏟아져 나오는 검부러기처럼 뒷바퀴에서 흩뿌려지는 질척한 흙더버기가 옷을 더럽게 하는 일이 잦았다. 그것은 냉염한 숫눈길을 걸은 나에 대한 신작로의 앙갚음이었다.

낚시하러 시골 산속 마을을 걸었다.

초록색 마을버스가 뿌연 먼지를 힘차게 내뿜으며 달린다. 먼지가 날아드는 반대 방향으로 고개를 젖혔다. 눈을 못 뜨겠고 숨을 못 쉬겠다.

그래도 이 순간의 풍경이 좋다.

내가 찾고 있던 유년의 그리움이다.

크리스마스이브, 교회에서 받은 사탕 선물

해운대 하변을 산책하는 길에 멀리서 크리스마스 캐럴이 울려 퍼졌다. 크리스마스이브의 이브이기도 해서 괜히 마음이 설레고 있었는데 캐럴을 들으니 더욱 설렜다. 모래사장에 설치된 가설무대에서 합창단이 캐럴을 부르고 있었다. 아내와 내가 막 자리를 잡고 관람하려고 하자 사회를 보는 사람의 멘트가 나왔다.

"이제 마지막 곡입니다. 모두 즐거운 크리스마스를 맞길 바랍니다. 그리고 합창이 끝나는 대로 산타클로스 할아버지가 선물을 나누어 줄 것이니 모두 선물을 받아 가시기 바랍니다."

마지막 캐럴이 끝나자마자 산타클로스가 나타났다. 아내는 냉큼 다가가서 선물 하나를 받아왔다. 사탕이 든 선물이었다. 아내와 나는 졸졸요당으로 끝난 캐럴에 아쉬움이 남아서 근처의 카페에 들어가서 여정餘

情을 사기기로 했다. 커피잔 옆에 놓인 사탕 봉지에 교회의 이름이 쓰여 있었다. 그때도 그랬다.

우리 동네에서 멀지 않은 곳에 고아원이 있었다. 그곳에는 교회가 있었다. 고아원에는 같이 학교를 다니는 서름한 친구들도 있었는데 해마다 크리스마스가 임박하면 그 친구들이 교회에 나오라고 성화였다. 나는 너울가지가 있는 편이 아니었다. 특히나 고로여생 고아원 친구들과는 면분面分을 할 뿐 무간無間히 사귀어 오지는 않았다. 고아원 친구들은 덥절덥절하지도 않은 데다가 무뚝뚝했다. 어떤 친구는 부라퀴처럼 생겨서 악도리 같이 싸움도 잘할 것 같아 부접하기 싫었다. 그런 친구들의 권유로 교회에 가는 것을 마뜩잖게 여겼지만 자빡 댈 수 없게 나를 유혹하는 말이 있었다.

"크리스마스이브에는 사탕 선물을 줄 거야. 교회에서…."

말눈치로 보아서는 그냥 사탕을 주는 것이 아니라 하느님을 믿고 계속해서 교회를 다니라는 것을 알 수 있었다. 그래도 괘념掛念치 않았다. 사탕만 먹을 수 있으면 되었다. 친구가 간릉스레 거짓으로 사탕을 줄 거라는 말을 했다고는 생각하지 않았다. 그만큼 사탕이 먹고 싶었다. 크리스마스 며칠 전부터 저녁마다 그 교회에 갔다. 친구는 연극 연습을 하고 있었다.

　외딴곳에 있는 교회까지는 꽤 멀었다. 낮에 녹은 눈이 다시 얼어서 미끄러웠다. 밝혀줄 불도 없이 지척불변의 칠야(漆夜)에 발씨가 서툰 길을 지벅지벅 걸었다. 교회까지 가는 일은 정말 용기가 필요했다. 그 용기는 단지 사탕에서 나왔다. 밤에 용기 내서 힘들게 걷는 걸음이 결코 헛걸음이 아님을 사탕이 확인시켜 줄 거라고 믿었다. 그때까지 나는 크리스마스 때 우리 집에서 선물을 받아 본 적이 없었다. 사탕을 선물 받는 일도 집에 손님이 찾아올 때뿐이었다. 그것도 한 봉지를 온전히 선물 받는 것이 아니라 낱개로 몇 개씩 받았을 뿐이었다. 8형제가 각각 한 봉지씩 선물을 받아본 적도 없었다. 그러니 내가 사탕을 선물 받는 일은 최고의 기쁨이었다. 그 사탕을 받기 위해 추위도 어둠 속 무서움도 이겨낼 수 있었다.

　교회에서는 동방박사와 말구유 옆에 앉아 있는 성모 마리아가 등장하는 연극을 연습하고 있었다. 나는 그 연극에는 하등 관심이 없었다. 크리스마스이브에 사탕 선물 받을 생각만 하면서 앉아 있었다. 난로가 있었지만 불을 피우는 것 같지 않았다. 바람만 없었을 뿐 바깥 공기만큼이나 차가운 삼청냉돌이었다. 나무 의자에 맞닿은 엉덩이도 고드름똥을 쌀 것 같이 많이 시렸다. 그래도 사탕 선물을 생각하며 버텼다. 그때 선물로 받았던 사탕 봉지에도 교회 이름이 쓰여 있었다. "네 이웃을 네 몸과 같이 사랑하라."는 글과 함께 쓰여 있었다.

해마다 크리스마스 무렵이면 마음이 설렌다. 왜인지는 모르겠다. 아내도 나와 비슷한 추억이 있어서 사탕을 선물 받고 싶었을 것이다. 그래서 수럭수럭한 성격이 아니고 안후顔厚한 성격은 더욱 아닌데도 선물을 아이들에게 양보할 생각을 하지 않고, 비슷거리가 되든 말든 비비대기치는 사람들 틈을 비집고 달려가서 두 손을 높이 들어 덥석 받아 왔을 것이다.

추억을 선물 받고 싶어서 내가 "아이들에게 주게 내버려두라."고 귀에 대고 속삭이듯 만류해도 조금도 주뼛주뼛하지 않고 냉큼 받아 왔을 것이다. 나도 누군가가 길거리에서 교회 이름이 씌어 있는 사탕 봉지를 나누어 줄 때마다 결결이 어릴 적 크리스마스가 생각난 적이 있다. 아내도 사탕에 대한 비슷한 추억이 있어서 그랬을 것이다. 사탕이 아니라 추억에 무염지욕이 있어서 그랬을 것이다.

크리스마스는 아이 때도 어른이 되어서도 늘 설렌다. 초련初戀처럼 싱그럽게 설렌다. 누군가가 사탕을 선물해도 "아이들에게 주세요."라고 자빠대지 않고 냉큼 받는다. 초련의 설렘을 안고 그렇게 받는다. 그렇게 내년에도 받고 후년에도 받을 것이다.

시부재래여도 크리스마스 추억은 지나갔다가 늘 다시 돌아올 테니까!

내가 평소에 크리스마스를 모련慕戀하는 것도 아닌데 추억을 안고 문득 찾아오는 크리스마스는 초련의 설렘처럼 늘 설레게 한다.
크리스마스는 언제 만나도 소격감이 없다.

이상하다.

다리 밑에 사는 거지

우리 동네에는 아침마다 거지가 동냥을 다녔다. 어디서 오는지 모르겠는데 아침마다 찾아왔다. 아침마다 대문 밖에서 소리가 들렸다.

"밥 좀 주세요. 밥 좀 주세요."

울 엄마는 귀찮지도 않은지 굴개窟개에 빠졌다 나온 사람처럼 추저분한 넝마를 걸치고 몰칵몰칵 쾨쾨한 냄새를 풍기는 거지들에게, 매일같이 미리 준비해 둔 남은 보리밥을 한 그릇씩 가져다가 주셨다. 절대로 대궁이나 턱찌꺼기를 주시는 일은 없었다. 거지를 '생파리 잡아떼듯' 그냥 내보내시는 경우도 없었다. 그러니 나는 울 엄마가 거지에게 냉갈령을 부리시는 일을 본 적도 없었다.

"네, 네, 고맙습니다. 김치도 좀 주십시오."

울 엄마는 또다시 부엌 찬장에서 남은 김치를 찾아서 갖다주셨다. 그런데도 간혹 시쁘둥한 표정을 짓고 엄마를 째려보듯 하는 거지도 있었다. "제가 기른 개에게 발꿈치 물린다."고 했는데 정말로 엄마에게 금방이라도 행짜를 부리며 반서反噬할 듯한 거지도 있었다.

실제로 동네에서 행티를 보이는 거지를 자주 보아 왔기 때문에 그런 거지를 볼 때는 무서웠다. 울 엄마는 그런 거지들에게까지도 잘 대해주신 관후寬厚하고 서분서분한 분이셨다. 동네가 여럿이고 집도 여럿인데도 거지들이 동네마다 돌아다니며 촌촌걸식이나 문전걸식을 하는 것이 아니라, "헝랑 빌리면 안방까지 든다."고 매일매일 우리 집에만 '큰집 드나들 듯' 들러 동냥을 하는 이유가 있었다. 울 엄마 때문이었다. 정외지언을 하지 않으시고 괄대恝待를 하지 않으시는 관대장자 울 엄마 때문이었다. '인정도 품앗이'라는 말은 울 엄마에게는 어울리지 않았다. 애옥살림이었으니 "광에서 인심 난다."는 말도 울 엄마에게는 틀린 말이었다.

"엄마, 나 어디서 났어?"

"배꼽"

"엄마, 나 어디서 났어?"

"배꼽"

"엄마, 나 어디서 났어?"

"다리 밑에서 주워 왔다. 이놈아!"

배꼽을 아무리 살펴보아도 배꼽으로 났다는 엄마의 말씀이 귀모토각인 거짓말이라고 생각해서, '젖 떨어진 강아지'같이 초근초근 보채던 나에게 울 엄마는 분명 그렇게 말씀하셨다. 천만몽외에 그렇게 말씀하셨다. 만무시리라고 생각했지만 구허날무로 생각하지 않았다. 울 엄마가 내 엄마가 아니라니 무척 서러워서 울었다.

다리 밑에서 주워 왔다니!

울 엄마가 내 엄마가 아니라니!

이렇게 포근한 엄마 품이 내 엄마 품이 아니라니!

울 엄마가 장에 가시는 날에는 나도 따라간 적이 많다. 장어 가는 길에는 커다란 다리가 있었다. 다리 밑에는 쓰레기가 에넘느레하게 널려 있는 귀중중한 흙바닥 위에, 헤진 천과 부서진 나무판자로 만든 엉성하게 생긴 게딱지만 한 굴왕신 같은 까대기 움막이 몇 개 있었다. 다리 밑에 있지 않았다면 비가 금방 새 들어갈 것 같은 가마때기 우덜거지로 지붕을 하고 있었다. 잡동사니가 무잡無雜히 널려 있는 움막 안에서는 거적을 덮고 자고 있는 아기 거지도 있었다. 밖에서는 여러 명의 어른 거지들이 기신기신 몸을 움직이고 있었다. 그 모습이 차마 볼 수 없을 정도로 자닝했다. '굴뚝 막은 덕석'같은 기움질 많은 더러운 옷을 입고 있는 꾀죄죄한 모습과, 방금 구두질을 마친 사람의 얼굴처럼 새까만 얼굴 모습은 영락없는 검덕귀신 거지 모습 그대로였다.

"거지란다."

분명 울 엄마도 거지라고 하셨다.

"그럼 아침마다 동냥 오는 거지들이 여기에 살고 있었던 거야?"
"그렇단다."

다리 밑에 살고 있는 거지들한테서 나를 주워 온 거냐며 나는 한없이 울었다. 집에 돌아와서도 그 유리걸식하며 구구생활을 하는 지궁차궁한 배랑뱅이들의 귀접스레 사는 모습이 밤새 염념불망이었다.
밤새 울었다.

내 아들이 어릴 적에 아내에게 똑같이 물었다.

"나 어니서 났어?
"배꼽"
"나 어디서 났어?"
"배꼽"
"나 어디서 났어?"
"으이그! 다리 밑에서 주워 왔다. 이놈아!"

계정거리며 작신작신 밑두리콧두리 캐묻는 아들에게 아내도 울 엄마
와 똑같은 대답을 하고 말았다.

　아내도 울 엄마처럼 주작부언을 하고 말았다.

　말갈망은 생각하지도 않고 그리하고 말았다.

쓰임새 많은 멍석

겨울엔 아버지가 밤낮으로 새끼를 꼬아서 멍석을 짜셨다. 그때 당시 농촌에서는 겨울엔 딱히 농사일을 할 일이 없었다. 겨울엔 농사짓는 데 필요한 새끼를 꼬거나 멍석을 짜는 데에 많은 시간을 사용했다. 아버지가 유착스러 멍석을 짜시는 경우는 없었다. 지교至巧한 솜씨로 매끈하고 맵시 있게 쥐대기보다 훨씬 잘 짜셨다. 명작名作 멍석만 짜셨다. 태작駄作 멍석은 짜지 않으셨다. 모두 튼실해서 아버지가 짜신 멍석엔 가재기도 없었다.

내가 아두리 올되게 컸어도 멍석을 짜는 일에서는 아버지를 따라갈 수가 없었다. 일조일석에 배울 수 있는 일이 아니었다. 족탈불급이고 앙망불급이었다. 아버지도 천래天來의 솜씨를 갖고 계신 것이 아니었다. 어릴 적부터 배우셨다고 했다. 그러니 내가 감히 따라갈 수 없는 솜씨를 갖고 계셨다.

명석은 어른만이 들 수 있을 정도로 무거웠다. 다따가 지나가는 비가 내릴 때도 그 무거운 명석을 들어서 옮길 수가 없었다. 명석을 반으로 접어서 말리던 농작물을 덮어두는 것으로 부랴사랴 임시방편으로 비설 거지를 할 수밖에 없었다.

명석은 짚으로 엮은 새끼줄로 만들어서 두터웠다. 패연沛然히 내리는 작달비가 아니면 비는 명석 안까지 뚫고 들어오지 못했다. 그래서 그렇 게 덮어두는 것으로 간단히 비설거지를 할 수 있었다. 간혹 여우비가 지 집지집 내리는 날에는 명석을 여러 차례 덮었다가 펼쳐야 했다. 그 일도 여간 힘든 일이 아니었다. 그만큼 명석이 무거웠다.

명석은 여러모로 유용하게 쓰이는 천세나는 물건이었다. 추수철에는 벼를 탈곡할 때도 쓰이고, 콩대를 올려놓고 도리깨질할 때도 쓰이고, 깨 를 털 때도 쓰였다.

고추를 말려 태양초를 만들 때도 쓰이고, 얇게 썬 무나 호박을 말려 오가리를 만들 때도 쓰였다.

잔칫날이나 상喪을 당했을 때 손님 대접할 때도 쓰이고, 여러 사람이 모여 윷놀이할 때도 쓰였다.

아주 옛날에는 명석말이할 때도 쓰었단다.

명석이 많이 필요할 때에는 옆집에서 빌려오곤 했다. 그 명석에는 누구네 것인지를 알 수 있는 인식표가 따로 없었다. 시치미를 뗀 사냥매와 같아서 누구네 것인지 얼핏 보아서는 알 수 없었다. 그렇다고 회전回傳을 걱정할 필요가 없었다. 멍석들은 유표有表도 따로 없었고 그 생김새가 고러고러해서 누구네 것인지 아리아리해도 주인에게 제대로 돌려주었다. 멍석에는 군데군데 헤진 곳이 있게 마련인데 그 헤진 것이 보람 역할을 했다.

내가 제일 좋아하는 멍석의 쓰임새는 우리 집 마당에 깔아놓고 누워서 별을 보는 것이었다. 여름이면 우리 집 식구들은 마당에 연기가 많이 나는 풀을 태워 모깃불을 피워놓았다. 그 옆에 멍석을 깔아 그곳에서 저녁밥을 먹는 것을 즐겨 했다. 밥이라야 열무 겉절이와 고추장을 한 바가지에 듬뿍 넣고 8남매가 같이 쓱쓱 비벼 먹는 정도였다. 그렇게 멍석 위에서 먹는 열무 비빔밥이 안방이나 대청마루에서 먹는 다른 어느 밥보다 훨씬 맛이 좋았다. 여름에 먹을 수 있는 최고의 용미봉탕이었다.

밥을 먹고 날 때쯤이면 잔양殘陽이 서쪽 하늘을 마지막 힘을 다해 붉게 물들이고 스러져갔다. 잔양이 남겨놓고 간 여광餘光조차 잔조殘照를 품에 안고 혁작赫灼하는 수많은 별빛에 금세 맥이 풀어졌다. 이내 뒷산에서 어슬어슬한 야음을 틈타 슬그머니 기어 내려오는 시원한 재넘이와 무수한 풀벌레의 곤음蛩音합창이 한낮의 성하염열을 주눅 들게 했다. 그러면 나는 엄마와 함께 그 멍석에 누워서 하늘의 별을 바라보았다. 명징明澄한 하늘에 다이아몬드를 박아놓은 듯 작연灼然한 별들이 반짝였다.

가끔씩 별똥별이 하늘을 사선으로 가로지르며 순식간에 사라졌다. 그때마다 엄마는 "누가 죽었나 보다."라고 말씀하셨다.

엄마는 얇은 포대기 같은 홑이불을 나에게 덮어주셨다. 종이부채로 연신 내 얼굴을 부채질하며 모깃불에도 도망가지 않은 모기를 쫓아내셨다. 여름밤마다 나는 엄마 곁에서 세상에서 제일 안락한 시간을 보내며 영락없이 멍석에서 잠이 들었었다. 그런 내 모습에 재넘이가 냉량冷凉하게 심술을 부릴 때쯤이면 엄마는 나를 방에 눕혀 주셨다. 여름 내내 그리하셨다. 그렇게 멍석은 엄마의 품이었다. 포근함이었고 안락함이었다.

지금은 시골에도 짚으로 만든 옛날의 멍석을 쓰는 곳이 없다. 비닐 멍석으로 대체되었다. 그 비닐 멍석에서는 엄마의 품 같은 포근함이 느껴지질 않는다. 새끼줄로 밤낮으로 멍석을 짜시던 아버지가 그립다. 짚으로 짠 투깔스러운 멍석처럼 거친 아버지의 손이 그립다. 엄마와 함께 멍석에 누워 재넘이에 납량納凉하고 하늘의 별을 바라보며 낙이樂易한 여름을 보내던 그때가 그립다.

헌사

환갑에 이르러 어머니께 드리는 글
엄마의 콩

"여보! 저기 콩이 있네. 완두콩! 삽시다!"

내 말이 떨어지기가 무섭게 아내는 내 허리 뒤쪽으로 팔을 뻗어 내 왼손 손목을 살며시 잡고는 살짝 아내 쪽으로 당긴다.

"집에 많아요. 그냥 갑시다."

사실이었다.

나는 재래시장에서 장을 보는 것을 좋아하는 데 그때마다 늘 콩을 샀으니까 우리 집에는 콩이 넘쳐났다.

아내는 콩을 좋아하지 않는다.

콩밥을 하게 되면 아내의 밥그릇에는 콩알 하나도 섞이지 않게 밥을 푼다.

어쩌다 밥 속에 묻힌 콩알을 발견하게 되면 아내의 젓가락으로 여지

없이 내 밥그릇으로 옮겨진다.

그런 아내도 내가 콩을 사는 이유를 잘 안다.

결국에는 그냥 못 이기는 척 내가 콩을 사게 그냥 놔둔다.

그러니 집에는 콩이 넘쳐날 수밖에 없다.

나도 아내처럼 콩밥을 싫어하던 때가 있었다.

어릴 적에 보리밥에 들어있는 콩은 정말 싫었다.

보리밥 알도 딱딱하고 콩도 딱딱해서 그랬나 보다.

그러던 어느 날 엄마는 밭 구석에 쌓아둔 보릿짚에 불을 지핀 후 콩꼬투리가 붙어 있는 콩나무를 불에 올려 백태 콩을 구워 주었다.

아직 푸른빛이 역력한 풋내 나는 설 여문 콩이었지만 불 냄새 묻어난 싱그러운 맛은 정말 좋았다.

지금으로 말하면 고급스럽게 싱싱한 껍질콩을 먹은 셈이다.

나는 스무 살 무렵부터 도시에 나가 살게 되어 한동안 콩과는 멀어졌는데, 결혼하고 재래시장에서 팔고 있는 콩을 보고 그때 엄마가 구워준 콩 맛이 소환되었다.

그 껍질콩의 추억이 나를 콩밥 마니아로 만들었다.

그때부터 나는 콩을 보면 콩을 산다.

콩이 좋아서 콩을 산다.

내가 콩을 사는 곳은 정해져 있다.

재래시장이다.

그곳에서는 할머니가 동네 목욕탕에서 본 듯한 꾀죄죄하고 야트막한 의자에 쭈그리고 앉아서 포장하지 않은 채 투박한 그릇에 담아 콩을 판다.

엄마가 나무 송판을 잘라 만든 디귿자 모양의 한 뼘 정도 높이의 낮은 의자에 앉아 시장 한구석에서 콩을 팔던 그 모습이다.

골 깊은 주름에 화장품이 놀라 달아난 지 오래다.

그 천연하고 처연한 모습 또한 그 옛날 엄마의 모습과 완벽한 데칼코마니다.

"할머니, 저 콩도 담아주세요."

난 할머니와 가격을 흥정하는 일이 없다.

적어도 콩에 대해서만은 그렇다.

그냥 할머니가 파는 가격에 콩을 산다.

그리고 필요 이상으로 많이 산다.

난 콩을 보면 꼭 콩을 산다.

콩이 좋아서 콩을 산다.

그러나 내가 콩을 사는 진짜 이유는 따로 있다.

평생을 콩과 함께했던 엄마의 고단함이 떠올라서 콩을 사고 콩을 파는 할머니의 고단함을 조금이라도 덜어 주고 싶어서 콩을 사고 엄마가 그리워서 콩을 산다.

해마다 2월이 되면 완두콩을 심는 것으로 엄마의 콩 농사는 시작된다.

엄마의 고단함이 시작된다.

엄마는 콩을 밭에도 심고 밭두렁에도 심고 논두렁에도 심는다.

먹고 살기 위해서 자투리땅은 모조리 콩을 가꾸는 데 사용한다.

백태 콩은 주로 너른 밭에 심겨져서 여름 내내 엄마의 땀과 정성으로 고이 가꾸어진다.

두부 할 때도 쓰이고 메주 할 때에도 쓰이는 콩이니 제일 값어치가 나가고 쓰임새도 많아 콩 중에서는 그래도 제일 소중히 가꾼다.

밭 구석 자투리땅에는 쥐눈이콩과 서리태콩 그리고 팥콩을 심고 밭두렁이나 집 울타리 주변에는 강낭콩과 완두콩을 심는다.

이런 콩들은 그저 집에서 필요할 때 먹을 수 있을 정도만 심으면 되니 자투리땅이나 밭두렁 정도면 족하다.

엄마의 발자국 소리와 호미질 소리를 제일 적게 듣는 콩이다.

엄마는 밭이랑에 일일이 호미로 구멍을 내가며 콩을 심는다.

그 콩은 엄마의 땀방울을 먹고 자란다.

엄마는 콩나무가 새잎을 드러낼 즈음부터는 쇠비름, 바랭이, 깨풀, 여

귀, 방동산이 등의 잡초와의 싸움을 시작한다.

잡초 중에 쇠비름은 가히 잡초의 왕이라 불릴 만할 정도로 그 번식력과 생명력이 혀를 내두르게 할 만큼 강하다.

자식을 키우기 위해 콩나무를 키워야 하는 엄마에게 쇠비름은 그야말로 참초제근의 대상이다.

호미에 잘리어진 쇠비름 줄기가 콩밭에서 완전히 치워지지 않고 밭고랑에 그대로 놓여 지기라도 하게 되면 금세 그 줄기에서 뿌리가 나고 새싹이 난다.

뿌리도 제거하지 않으면 마찬가지로 금세 새싹이 난다.

새싹은 또다시 기세등등한 괴물 잡초가 되고 엄마는 오직 호미만으로 쇠비름과 전쟁을 한다.

해오라기 주둥이처럼 뾰족하던 호미도 이미 그 예리함을 잃고 오리주둥이가 된 지 오래다.

콩밭에는 엄마의 땀방울을 멎게 할 그늘이 없다.

두 뺨으로 늘어뜨린 머릿수건이 엄마의 유일한 그늘막이다.

그래도 엄마는 그 무뎌진 호미를 들고 뙤약볕 속에서 전쟁을 한다.

이런 전장은 여름 내내 계속된다.

콩은 엄마의 자식이다.

콩나무는 엄마의 땀방울을 먹고 자란다.

콩나무가 엄마의 호미질 소리에 익숙해질 때쯤이면 엄마는 낫을 들고 콩나무 하나하나에 정성스럽게 순지르기를 한다.

그러면 콩나무는 어른이 되었음을 알고 이내 예쁜 꽃을 피우고 콩꼬투리 속에 자식을 잉태한다.

콩꼬투리 속에 조그만 각자의 방도 하나씩 마련해 주고 혹여 몸살이라도 날까 봐 하얗고 예쁜 솜이불을 자식 모두에게 덮어 준다.

콩나무는 우리 엄마처럼 그렇게 정성으로 자식인 콩알 형제를 키운다.

여름이 익어가고 콩나무가 콩꼬투리 속의 콩알들을 제법 울퉁불퉁하게 몸체의 윤곽이 드러날 정도로 키워놓으면 엄마는 그때부터 거친 손으로 매일 밤마다 밤을 새워가며 콩꼬투리 속의 파릇하고 싱싱한 콩알을 빼내서 다음 날 장에 내다 판다.

엄마는 늘 제일 구석지고 사람들의 발길이 적은 외진 곳에 쭈그리고 앉아서 콩을 판다.

좋은 목은 이미 다른 사람들이 차지하고 있으니 그리할 수밖에 없다.

여름이 지나고 어미 콩나무가 콩알 형제를 키우느라 힘을 다할 때쯤이면 콩나무는 무성하던 잎도 거의 떨어져 사라지고 그나마 몇 개 남아있는 잎조차도 생기를 잃고 누렇게 변한다.

몸뚱어리는 여름 내내 이어진 비바람에 할퀴고 침식당해서 생채기 아문 흔적만 있을 뿐 성한 곳이라고는 찾아볼 수가 없다.

마치 탄력이라곤 찾아볼 수 없는 엄마의 골 깊어진 얼굴을 보는 듯 콩나무는 그렇게 변한다.

어미 콩나무가 마지막까지 붙들고 보살피던 푸른색 콩꼬투리마저 담황색으로 변하면 콩나무는 콩꼬투리 속의 콩알 형제를 세상 밖으로 내보낼 때가 되었음을 알고 엷은 가을바람에도 마른 몸을 떨며 슬피 운다.

자식인 콩알 형제와 이별함이 슬프고 내 자신은 자식을 키운 후에는 더 이상 푸르름을 발할 기회가 없이 세상에서 사라져야 할 운명이라는 사실이 슬퍼서 운다.

내년이 없는 오직 올해의 봄과 여름과 가을을 맞이할 운명으로 태어나니 그 운경이 슬퍼서 운다.

콩이 슬피 울면 엄마는 마당에 멍석을 깐다.

콩을 수확할 때가 온다.

도리깨로 힘껏 두드리면 콩꼬투리 속의 콩알은 소스라치듯 놀라며 하늘 높이 튀어나온다.

저항할 힘도 없는 마르고 야윈 어미 콩나무가 안타까운 마음에 콩나무에 몇 개 남지 않은 시든 콩잎 밑에 콩꼬투리를 숨기고 콩알 형제들이 도리깨질을 당하지 않게 하려고 애를 써보지만, 콩알 하나도 놓치지 않고 수확하려는 엄마의 도리깨질을 끝까지 버틸 재간이 없다.

콩꼬투리 속에서 끝까지 세상 밖으로 나오기를 거부하는 콩알이 있으면 엄마의 거친 손톱 끝으로 콩꼬투리는 반쪽이 나고, 어미 콩나무는 그제 서야 콩깍지가 된 콩꼬투리를 인정하고 자식에 대한 미련을 버린다.

이제 자식인 콩알 형제와도 이별을 한다.

도리깨질까지 당하며 부서지고 찢겨진 콩나무는 나머지 모든 것을 다 내어주고 생을 마감한다.

콩깍지는 소의 여물로 내어주고 콩대가 된 콩나무는 아궁이 속 군불로 내어주며 세상과도 이별을 한다.

그렇게 마지막 남은 몸뚱어리조차 흔적 없이 사라진다.

자식에게 모든 것을 내어주고 화장터 소각로에서 한 줌의 재를 남기고 떠나는 우리네 부모처럼 사라진다.

그제야 엄마는 콩과 함께한 1년을 마감한다.

이런 1년의 마감을 60번이 넘게 한다.

그렇게 엄마는 평생을 콩과 함께한다.

이제 힘들게 가꾼 콩을 자식들에게 나누어 줄 생각으로 엄다는 매일 매일을 설레며 자식들을 기다린다.

엄마는 그렇게 평생을 자식들에게 내어주는 즐거움으로 산다.

그런 즐거움을 위해 엄마는 콩을 가꾼다.

그런 즐거움을 위해 무뎌진 호미로 뙤약볕 속에서 전쟁하며 평생 콩을 가꾼다.

엄마가 즐거운 만큼 엄마 몸은 콩나무가 사그라지듯 조금씩 더 빠르게 사그라진다.

모든 것을 내어준 생채기 아문 흔적만 남은 마른 콩나무가 된다.

이제 콩은 엄마의 마지막 내어줌이 된다.

지난 추석에도 고향을 찾아가서 엄마를 보았다.

대문 앞마당에서 커다란 양은 대야에 동부콩을 따서 담고는 호두 껍데기보다도 굵고 깊게 주름진 손으로 일일이 콩꼬투리를 까고 있었다.

사실 나는 엄마의 그런 손을 쳐다보지 않는다.

가슴이 너무 시리고 미어져서 그렇다.

그 주름진 손은 지문이 없어진 지 오래다.

손바닥과 손가락 마디마디에 갈라진 살결은 아무리 좋은 화장품으로도 복구될 수 없다.

그 갈라진 골에 온갖 천연염료가 배합되어 검정색으로만 새겨진 뒤엉킨 무늬가 엄마의 새로운 지문이 된 손이다.

평생 자식을 키우고 먹여 살린 손이다.

"엄마! 뭐 하려고 그래?"

"너희들 주려고 그러지!"

엄마의 대답은 이미 알고 있었지만 그래도 나는 엄마에게 묻는다.

엄마도 우리들 주려고 콩꼬투리를 까고 있다는 것을 내가 알고 묻는 걸 알면서도 늘 그렇게 살갑게 대답한다.

"이제 올해가 마지막일 거 같다. 내년에는 못해 줄 거 같아."

평생 논밭일을 하느라 뭉툭해진 엄마의 손끝으로는 잘 안까지는 콩꼬투리를 몇 개 골라 나보고 까보라고 건네며 말한다.

가슴이 먹먹하고 울컥하다.

늘 내 곁에서 버팀목이고 위안이었던 엄마가 91세의 나이가 되었다는 것을 실감한다.

"이거 나중에 집에 갈 때 꼭 가져가서 밥에 넣어 먹어라."

"네."

엄마는 이제 자식들에게 더 이상 내어줄 것이 아무것도 없다.

모든 걸 내어준 콩나무처럼 엄마는 평생 동안 모든 것을 자식들에게 내어주었으니까 더 이상 내어 줄 것이 없다.

　그런데도 밭두렁에 아주 조금밖에 심지 않아서 당신 혼자 먹기에도 부족할 듯한 동부콩을 또 내어준다.

　이제 당신이 더 이상 자식들에게 내어줄 것이 없다며 콩이라도 가져가서 먹으라며 안타까운 심정으로 그렇게 또 내어준다.

　아! 엄마!

　콩나무처럼 모든 것을 내어주며 살아온 엄마의 삶이 나를 이만큼 키웠다.

　콩은 엄마의 사랑이고 엄마에 대한 그리움이다.

　나는 콩을 보면 꼭 콩을 산다.

　엄마의 고단함이 떠올라서 콩을 사고 엄마가 그리워서 콩을 산다.

　그래서 우리 집엔 콩이 넘쳐난다.

　그 콩은 엄마의 콩이다.